憧憬美好
相信爱情

幸福没有捷径，只有经营

There is no shortcut to
happiness , only business

简浅 著

 青岛出版社
QINGDAO PUBLISHING HOUSE

图书在版编目（ＣＩＰ）数据

幸福没有捷径，只有经营 / 简浅著. -- 青岛 ：青
岛出版社，2016. 10
ISBN 978-7-5552-4588-9

Ⅰ . ①幸… Ⅱ . ①简… Ⅲ . ①散文集－中国－当代
Ⅳ . ①I267

中国版本图书馆CIP数据核字(2016)第213801号

书　名　幸福没有捷径，只有经营
著　者　简　浅
出版发行　青岛出版社
社　　址　青岛市海尔路182号（266061）
本社网址　http://www.qdpub.com
邮购电话　010-85787680-8015　13335059110
　　　　　　0532-85814750（传真）　0532-68068026
责任编辑　那　耘
责任校对　邹　蒙
特约编辑　郑新新
装帧设计　晨星书装
照　　排　智善天下
印　　刷　三河市南阳印刷有限公司
出版日期　2016年10月第1版　2016年10月第1次印刷
开　　本　32开（880mm×1230mm）
印　　张　8.5
字　　数　110千
书　　号　ISBN 978-7-5552-4588-9
定　　价　36.00元
编校印装质量、盗版监督服务电话　4006532017　0532-68068638

建议陈列类别：文学/畅销

你是我想用一生去读懂的书

如果每个人都是一本书，那么我想你就是最甜的那本书，是治愈系的那本书。

每晚临睡前，轻靠在床头上，翻阅你这本书，浅读几页，一天的烦恼都会烟消云散，一天的疲惫都会消减，一天的困惑都会消失。

你是我想用一生去读懂的书。

初识时，你是一本童话书。

我们听过无数童话，为爱幻化为冒泡的小美人鱼，在七个小矮人帮助下战胜继母的白雪公主，被王子深情吻后苏醒的睡美人，午夜十二点后必须离开的灰姑娘……

你不是美人鱼，不是白雪公主，也不是睡美人，更不是灰姑娘。

我想你是都市生活中的美妙童话书，你是这本书里的唯一女主角，每一篇故事都围绕你展开，有的温馨动人，有的一波三折，有的感人肺腑，有的惊心动魄。

此刻，无数的画面在我脑海里盘旋，我在纯真的年纪见到你这本童话书，小心翼翼地凝视着封面，轻轻翻开，扉页写着你小确幸的心语，一场童话冒险的序幕被徐徐拉开，有个动听温柔的声音在娓娓道来。

人生最好的光阴我不敢确定究竟是何时，但人生忧愁而且纯粹的光阴我敢确定是那懵懂的学生时代。

我总想起"为赋新词强说愁"的年纪，你为你画的建筑稿上了推荐而欢呼雀跃，你有些字咬不清仍化浓妆上台主持，你唱的每首歌都能变成儿歌，你总有写到一半就丢下的小说，你还会神经病似的大笑，更会独自躲起来黯然神伤。

你是童话书，我翻开了第一章。

后来的你，像是一本谜语书。

并不是你有多么复杂，而是我们的生活从来不需要相互猜测，所以我们之间充满童趣，每字每句都天马行空，想到哪说到哪，永远猜不到下一句是什么。

翻开这本谜语书，扉页是一盏灯，暗喻你是扑朔迷离的灯谜，我阅读谜面，品读谜目，搜肠刮肚，绞尽脑汁，陷入沉思，思索谜底。

　　　　　　　幸福没有捷径，只有经营

随着岁月的悄悄溜走，我们对美好的事物往往走马观花，我看过鲜衣怒马，见过纸醉金迷，经历过悲欢离合，初尝过沧海桑田，一朝看尽长安花，才懂我们的人生或许不必曲曲折折，我愿我们的故事会是直白易懂的明喻。

曲径通幽处，禅房花木深。你提示了谜眼，又要求谜格，我想这便是谜味，阅读你的过程，趣意盎然，我无须知道那个谜底究竟是什么。

与其让你了解我，我宁愿我是一个谜，一个解不开的难题，真和假的秘密，扣人心弦的游戏。

你是谜语书，我翻到了第七章。

如今的你，在我心里，是一本哲学书。

哲学不一定是艰涩难懂，哲学也可以平淡如常。

时光会将热恋时的情浓慢慢淡化，琴棋书画也会遇上茶米油盐，你侬我侬也会碰撞洗碗拖地，少年会成长为男人，女孩会成长为女人，浪漫有时也会遭遇滑铁卢。不过，又何妨，哲学的奥妙就是让平凡变得更有意义。

罗素说："介乎神学与科学之间还有一片受到双方攻击的无人之域，这片无人之域就是哲学。"

我想我踏入了你这片无人之域，穷尽一生去阅读专属你的哲学。也许正如柏拉图的观点："在其注目之下，万物脱去了种种俗世的遮蔽，而将本真展现出来。"

我万分庆幸能读懂你的本真，我们从不是脱俗的人。然而，迷恋红尘也不是错，在红尘滚滚中体会人间烟火，是一种遮蔽俗世，也是一种变化。

"关于月相的变化，关于太阳和星辰的变化，以及关于万物的生成。一个感到困惑和惊奇的人，便自觉其无知。"亚里士多德也在阐述这种变化，你也许对我感到困惑，我或许让你觉得惊奇，我也许对你感到好奇，你或许让我觉得温暖，总之，无知不一定愚蠢，或许是一种对绝对的追求——

"哲学是一种特殊的思维运动，哲学是对绝对的追求。"黑格尔也曾如此说过。

让我们忘了罗素，忘了柏拉图，忘了亚里士多德，忘了黑格尔，我们都有着自己的哲学体系，普通人也是哲学家。

你是哲学书，我翻至第无穷章。

无论你是童话书，还是谜语书，或是哲学书，你都是我想用一生去读懂的一本书。

若一生都读不懂，多好，你与我，若读懂了你，也好，再翻阅时也满心欢喜，字字句句都象征回忆，回忆里充满惊喜与甜蜜，永远新鲜，即便那份新鲜会随着翻阅如书页终究会泛黄，如书角终究会卷起，也依旧如童话般温暖，如谜语般有趣，如哲学般奥妙，因为你是我会永远去读的那本书。

我想，我会把你写进我的书里。

content

1

你会闻见最浓郁的花香

幸 福 没 有 捷 径 ， 只 有 经 营

严默的肚子已经微微凸起了，还轻度驼背。他穿着皱皱的格子衬衫，肥大的牛仔裤，手握扫帚，扫地上的方便面包装袋，哗啦啦的声音传来，很刺耳。我皱起眉头，嗅觉也开始感到不适，屋里弥漫着食物腐烂的臭味，苍蝇嗡嗡嗡的声音不绝于耳。

我站在门外，看着这间狭小的出租房，没有窗户，无论白天黑夜关了灯便一片漆黑。

那一刻我才发觉：他很穷，真的很穷。

严默看见我，勉强站直了身体，收不住凸出的小腹，他抓抓后脑勺，另一只手握着扫帚，不放开不是放开也不是，他挤出一个笑容，说："你……你来啦！也，也不提前说一声。"

"你不用手机了，什么社交网络都不用了，我怎么提前和你说？写信？"我走上前，鼻子酸酸的，接过他手里的扫帚，轻轻放到屋角，我扫了一眼床单与被褥，皱成一团，花生屑零零落落地撒在上面，我说："严默，她毁掉了你的爱情，你非得毁掉自己的人生吗？"

他不说话，呆呆地看着我。我凝视他的眼睛，犹如一潭死水，毫无生气。

"出去！和我一起出去！"我拽住他的衣袖，扯着他让他和我出门，他摆手，甩开了，我回头，看他那张脸，还有……已经彻底花白的头发，我吼道——

"你到底还是不是那个和我说'年轻人要奋斗就能成功'的严默啊！你对得起过去拼了命的你吗！"

"我……"严默怯怯地往回退，脚撞翻了随手放在地上没来得及洗的碗，发臭的面汤泼洒了一地，碗在地上打转的声音犹如小丑般嘲笑的笑声，他哆哆嗦嗦，急忙蹲下来把碗拿起来放到桌角，起身时脑袋撞上了椅子边，他痛得叫了一声。

我看得心痛，深吸一口气，将吸进去的满屋恶臭呼出来，我仰面看满是痕迹早已泛黑的天花板，转过身，说："日子还得过呢"。

"我……签了离婚协议了。"严默的声音传来，他的喉咙像是漏风的老风管，音色嘶哑难听，"我回不去了"。

/ 1 /

我曾以为，在花店所开始的故事都会是浪漫的，结局也会圆满。后来，我和朋友一起开了家花店，从花丛中来回穿梭后，才醒悟，花谢之后从不是唯美，而是残缺。

花需要水和养分，才能盛开，才会完整。

我和好友Tina开的花店叫"解忧花店"，创意来源于东野圭吾的《解忧杂货店》，在"解忧花店"买过花的客户，可以向我们诉说忧愁，说一个只可以告诉陌生人的故事，我们会为他回一封长长的信，为他解忧。

严默是我们的第七十七个客户。

那天傍晚，女孩挽着严默的胳膊走进花店，她摘下墨镜，仰面，闭眼，缓缓深呼吸，闻着花香，原地转了圈，她笑吟吟地将墨镜放入包里，依偎在严默的怀里，说："这家花店叫解忧花店，听说在他们家买花，可以诉说烦恼，也可以听故事。我有好多好多的话想倾诉，也想听好多好多的故事，并且，这家店里所有的花我都喜欢，怎么办呢。"

Tina正在插花，她打了个寒战，看我，我坐在角落的吧台里敲打着键盘，耸肩，给Tina发去微信——

幸福没有捷径，只有经营

"大客户呢，再不喜欢你也得忍着点。"

女孩仰头，耸耸鼻尖，眯眼，嘟起嘴巴，笑容甜美。严默轻轻搂着她，打量着满是花的店，发现角落里的我，对我挥挥手，说："服务员，这里的花我全买了，还有花瓶。"

我还没来得及反应过来，Tina抢先站出来，满面笑容，站到女孩面前，比女孩活生生高出一个头。

我手机铃声响了，是Tina的微信——

"大客户呢，再不爽你也忍着点。"

Tina露出职业化的标准笑容，说："他呢，是我合作伙伴，不是服务员，我是解忧花店的老板娘。先生留个地址呗，我让人把花全部打包好，给您送过去。还有，我们支持在线订花的，喏，这是我们的介绍。"

女孩抬起头，顺手接过Tina递过来的宣传单页，从头到脚打量了一番Tina，笑容慢慢收起，阴阳怪调道，"哟，老板娘可真漂亮啊！"

严默傻愣愣地笑，写好地址，递给Tina，冲我打了个抱歉的手势，女孩翻了个白眼，轻轻冷笑一声，看了我一眼后，挽着严默，出了门。

"真会勾引男人，"Tina冷语道，"我得查查她什么来头"。

"比起你勾引男人的手段来，她差得可不是一点半点段位。"

"出门，左转，不送。"Tina两手叉腰，看我，说，"我这不是勾你勾失败了吗，人生一件憾事啊。如果我勾到你，一定第二天就甩了你，让你悔恨去！"

我不理Tina，果真出了花店门，左转，Tina也真没送我。我看见严默站在路旁，送女孩上了出租车，恋恋不舍地挥手告别。

听说爱情的悲剧是各式各样的，可相似的悲剧依旧不断上演，我想起以前Tina哄骗过的男人，老的，少的，有钱的，没钱的，我轻叹一口气，走上前，说："您出手可真阔气。我认识一个开音像店的胖子，以前出手和你一样阔气，后来遇人不淑，洗心革面重新做人了，她叫什么名字？"

严默乐个不停，看我，说："她叫林岑。小兄弟，你开店的朋友倒是有不少啊，又是花店又是音像店的。有机会的话，带我去你开音像店的朋友店里看看吧，我想买几张碟。"

很久以后，我总想起和严默、林岑初识的场景，如果能重来，我想严默或许还是会为林岑买下店里所有的花，为林岑解忧，严默并不知道，他给林岑买来了虚荣的快乐，却给自己买下了无数的忧愁。

严默买了太多花，我欠了林岑太多故事，都没来得及写给她。

幸福没有捷径，只有经营

　　我很幸运，在二十四岁那年开了家花店。我看过无数鲜花，品读各类花香，每一朵花都很美丽，也都有在花香中不知不觉刺伤人的本事。

　　茉莉是清芬素洁的，但她爱猜忌，会在臆测中毁灭一段感情；玫瑰是妖娆美丽的，但她太骄傲，总不肯退让，刺得人鲜血淋漓；百合是皎洁无疵的，但她不自制，不懂拒绝往往让她伤人自伤；迷迭香是浓郁迷人的，但她沉迷过去，逝去的一切让她无法拥抱未来；向日葵是灿烂治愈的，但她会沉默，无数爱情会在不恰当的沉默中错过。

　　每一朵花都是一个女孩子的故事，我听她们的故事，读她们的花语，解她们的忧愁。只是，我无法判断林岑是哪一种花。

　　严默，三十六岁，至今未婚，有车有房，有份体面且高薪的工作，出手阔绰，品位一般。

　　自从和严默相识后，常带他去我老朋友张旷的音像店里挑唱片，严默也会带我去他老友开的酒吧坐坐，喝几杯酒。有一天下午，我陪严默挑碟，严默打量着音像店，说："一百平方米的店铺，全木质装修，都是上好的木材，设计风格一看也便知是顶级的，这里根本不是什么音像店，明明是一家高档的唱片行啊。"

"你懂得还蛮多，不过我从不在他这买碟，对我而言，这就是家音像店。"

严默轻轻地抚摩着一张张碟的封面，他低下头，说："你知道吗？我从小喜欢音乐，可是，家里连一把200块的劣质吉他都买不起。我不能学，那就听，后来发现……正版CD还是太贵了，于是我常常缩衣节食，省下几十块，想买一张正版碟，可到了店门口，磨蹭了半天，还是不舍得买。"

我抬起头，看严默的侧脸，一张典型中年男人平庸的脸。我不知道说什么，我从未料到他是如此穷苦的出身。

幽静的音乐在大厅回响着，严默和我说起他的故事。

严默是他们村子里的第一个大学生，十几年前，他考上了一所三本院校。全家欢天喜地，却也苦不堪言，三本院校的学费对于严默贫寒的家庭来说就是一笔巨款。

他的父母想尽办法，砸锅卖铁，低声下气四处借钱，供他上了大学。

严默喜欢花，但他从来没有买过一束花，常常在春节过后，在山头摘一朵野花便欢呼雀跃，他也从没买过一张碟，复读机加盗版磁带是他最奢侈的享受方式。

他也不敢谈恋爱，因为没钱。

严默深知他想出头，只能继续读书，他选择了考研，第一次失败了，第二次家里养了他一年，供他"二战"，不过又失败了，严默不甘心，想来第三次，父亲打了他一巴掌，母亲跪在他面前求他别再继续。

世界上总有太多不如意的事情，面对磨难，多数人选择妥协，按部就班，得过且过，最后过着千篇一律的平庸生活。严默哭了，先是低声啜泣，之后是号啕大哭，第二天，他背着书包，跑到了县城里，租了个房子，自行准备第三次考研。

严默低沉的声音不断传来，当他在经历这些苦难时，我还在读初中，面对暗恋的女生不敢表白。

"后来呢？"我问。

"我拿大学省下的最后一点钱租了房子，买了教材，成天成夜在小黑屋里苦读。我吃不起饭了，连方便面都吃不起。每天煮了点饭，分三顿吃，连拌饭的酱都是隔壁看不下去的邻居送我的。"严默拿起一张碟，和我一起走向收银台，边走边说，"后来，我成功了，考上了中国最好的大学，靠着奖学金和平日打工的钱付完学费。毕业后，我发展得越来越好，超出绝大多数人的想象。最近几年，买了车，买了房，只是……差一个人在身边，后来，遇上了林岑。"

严默把碟放下，老板张旷说了价格，严默掏钱包时说：

"你可能会觉得好笑，可是……我三十六岁了，初恋便是和你同龄的林岑。我失去了太多，我需要弥补回来，我在你这个年纪时，拌着快过期的酱吃隔夜的米饭，听歌也只能买地摊上按斤卖的盗版磁带，买那种磁带都是最奢侈的行为。我……我的内心是残缺的，我不知道如何才能完整。所以，我知道林岑或许不是什么好女孩，可我想补偿我自己，补偿我年轻时没和二十几岁的女孩子谈过恋爱的遗憾，补偿我想听一首好歌时买不起音质好的CD的痛苦，补偿我想养花时只能闻闻山头野花的无奈，你明白吗？"

严默付完钱，买下了那张价格不菲的限量版唱片。我笑容苦涩，虽说莫欺少年穷，但无论哪个年代，大多数少年都经历过这种囊中羞涩的尴尬。

我的手机响了，是Tina发来的微信，内容只有三张照片。我看了眼，心中一紧，我以为Tina说"查查林岑什么来头"只是一时气话，未料她真的这么做了。

是林岑和别的男人接吻相拥的照片，三张，三个男人，从衣着来看，非富即贵。我抬头看着正满面春风的严默，觉得心在慢慢下沉，我不知该不该对他说。

严默憨憨笑着，对我说："抱歉，说了那么多不开心的事。说件高兴的，以后啊，我想和她开一家餐厅，叫'简厅'。上个星期，我和林岑领了证，正在策划婚礼呢，你有空就来，份子钱就不用给了。"

我仿佛听见吉他断了弦，看见花朵在枯萎。

/ 3 /

纸终究包不住火。

那几天，我始终陷入挣扎的情绪里，想告诉严默，不忍他始终被瞒在鼓里，又不敢告诉严默，怕他一时接受不了，做出过激行为。

严默还是知道了，是Tina干的。那天，Tina邀请我、严默和张旷去她家里做客，为此还建了个微信群，酒过三巡后，Tina对严默抛了个媚眼，说："你家林岑呀，没你想象得那么单纯。"

我和张旷对视一眼，想要一起把Tina拖到一边。未料，我们所有人的微信都响了，Tina将更不堪入目的照片传到了我们的群里。我站起来，冲Tina喊，"你能换个方式吗？！"

"长痛不如短痛，你们不告诉他是害他。"Tina翻了个白眼。严默握着手机，先沉默，再发颤，接着剧烈颤抖，猛地抬起头，额头青筋凸出，眼睛血红，嘶哑着声音，问："你们……都知道？"

Tina冷笑，我和张旷沉默不语。严默怪叫一声，扔掉手机，发了疯，冲进厨房拿了菜刀要往外冲。我和张旷扑向他，夺下刀，按住他，他叫喊着、嘶吼着，面目狰狞。

严默先是低声啜泣，再是号啕大哭，像极了多年前父亲打了他一巴掌母亲跪在他面前时的场景。他依旧是残缺的，得不到该有的爱，听不见美妙的音乐，闻不到清新的花香。

第二天晚上，严默和我约在那家我们常去的酒吧见面，才一夜，他的头发就白了一大半。

他红着眼，握着酒瓶，直愣愣盯着我，问："你告诉我，我该怎么办？"

我身体发颤，明明不是我的事，我却气得浑身发抖。我不知道该怎么办，比他小十二岁的我远不如他有人生经验，我望着张默的脸，不明白为何一个三十六岁的男人仍会被爱情彻底击垮，只因是初恋？只因是少年时留下的心理阴影又一次环绕着他，让他无比绝望？

我不明白生活为何总是这样，万般磨难之后，给人看到了希望，忽然，抽去阳光，又让人跌入谷底。

"我恨她！我……好恨她！恨这个贱人！"严默突然大吼，爆起粗口，吓得四周客人都跳了起来。

他大口大口地灌酒，涕泗横流，含糊不清地说道："她要衣服，我给她买；她要包，我给她买；她要钱，我把卡和密码给她……她要什么我就给什么……简浅，简浅，你不是给林岑写过一篇解忧的文章吗？你说爱一个人不是为她放弃所有告诉她我爱她，爱一个人是为她拥有一切再给她所有她想要的，这才是爱！你写得那么好，林岑都说写得太好了，可……可我成为更好的人有什么用！我给她所有有什么用！她，她不还是跟别人睡了吗！"

我望着彻底崩溃的他，一言不发。

他咒骂着，痛饮着，啜泣着……终于，没了力气，趴在桌面上，眼泪仍不断流着，他还在喃喃自语，我凑近一听，他在说……

"我还是舍不得啊，我好爱她，我想她……我想这个贱人啊。"

/ 4 /

我终于知道林岑是什么花了。

林岑是罂粟，是绚烂华美的，她是致命的毒品，让人沉迷其中，产生美好的幻觉，最终上瘾，当全身败坏之际，无法摆脱之时，她会拿走你的一切，让你痛苦不堪。

我打了电话，喊张旷开车来送严默回去，张旷见我也喝了不少，让我早些回去，他送严默就好。我看着张旷的车远去，转身，看见Tina。

我冷笑，说："你满意了？我早就说过，林岑勾男人的手段跟你比起来，差得不是一点半点段位！"

Tina也冷笑，朝我走来，边走边说："事情结束之后，你比谁都冷静，比谁都犀利。张旷和严默很像，那个叫茉莉的女孩和林岑很像，你以为……你是救世主？"

"我救不了任何人，我更救不了你。"我皱起眉头，转身，说，"别忘了，如果林岑是罂粟，那你就是罂粟之王，死在你手上像严默的男人，早已尸横累累了。"

"你站住！"Tina吼了声，"别真把自己当作最清醒的那个人！你比严默还傻傻的经历，我又不是不知道！还有……你还欠林岑很多故事没写，这是解忧花店的承诺。"

我站在风里，上海夜里的街头还真是冷啊，风吹得人心都寒。我控制住自己颤抖的身体，说："我只会给她写一个故事，就是她和严默的故事。后会有期，祝你的解忧花店能给你解忧。"

我没有回头，从此没有了Tina和林岑的消息，我想我的生活，不能总和毒品相伴吧。我唯一担忧的，是严默，他们……才领了证。

幸福没有捷径，只有经营

严默失踪了，我怎么也找不到他。去他的公司问，HR说早就辞职了。我怅然若失，去张旷的店里问，张旷放起一首曲子，是严默买的那张碟里的第一首歌。

从张旷口中，我得知了严默的下落。

严默和林岑很快就离婚了，严默选择了净身出户，奋斗多年买下的车和房都没要，全给了林岑，甚至还把存款给了她一大半。从此，严默一蹶不振，很快辞了职，没有收入没有多少存款的他，住进了地下室，终日萎靡不振，吃泡面度日。

像极了多年前的严默，同样的穷苦，只是少年的他还有梦，如今的他连梦都破碎了。

"你也许不能理解，为什么一份爱情的失败会让严默选择放弃自己的人生。"张旷看着我的眼睛，说，"并不是失恋让严默彻底崩溃，他始终沉浸在他年少时的心理阴影中无法释怀，他以为在他奋斗多年终于成功后，便能弥补曾失去的东西。所以，在他失去他以为找回来的一切时，会瞬间崩塌，年少时最可怕的噩梦又回来了。每个人都有这种心理阴影，不只是严默，我有，Tina有，你也有。"

我怔在原地，喉咙像被什么堵住了。我深吸一口气，将打转的眼泪憋住，要了严默的地址，去找他。

/ 6 /

我站在严默租来的地下室门口，看得心痛，忍着满屋恶臭，冲他吼道："日子还得过呢。"

"我……签了离婚协议了。"严默声音传来，他的喉咙像是漏风的老风管，音色嘶哑难听，"我回不去了。"

没有一种爱情是完美的，我很早便明白了这一点。我们每天都在说爱，好像"爱"是我们生活中绝不可能缺少的。

我们也会有各式各样的理由去爱，爱美貌、爱财富、爱家世、爱才华，好像无论什么都能成为爱一个人的理由，最后分不清自己到底为了什么而爱。

我恨透了漫无目的的爱，也恨透了目的强烈的爱。我再一次拉扯严默，用蛮力将他拖了出去，边拖边喊："谁的心里没有点儿心理阴影啊！你是严默啊，你是吃了几年隔夜饭配剩酱，靠着奖学金就读完研究生的严默啊；你是用了七年就能在上海这鬼地方买车买房的严默啊！你现在倒下去，到底算什么！你还想再吃一辈子的隔夜饭配剩酱吗，你还想再听一辈子的盗版磁带吗，你还想再闻一辈子的山头野花吗！

幸福没有捷径，只有经营

你还想……再一辈子都遇不上值得爱的人……吗？"

我俩倒在楼梯口，两个大男人，竟在白天，抱头痛哭。

我好像，听到悦耳的琴声，闻见清新的花香了。

/ 7 /

我们的人生，有太多不为人知的痛楚。在成长的过程中，它们会变成一个个心理阴影，藏在内心深处，别人看不到摸不着，我们自身都甚至以为淡忘了，可总归会某个时期，爆发，吞噬了情感，吞噬了理智，吞噬作为人的幸福。

可是，正是因为这份残缺，才让我们更向往美好的生活啊！我们需要遇见让残缺变得完整的人，我们需要走出心理阴影，往前看，听最近的歌，闻今天的花，和眼前的人相拥。

要感谢每次苦难，它是你人生中最宝贵的财富。

我微笑，出门，发现家门口开了一家咖啡厅，叫"简厅"，真好听的名字，我走进去，看到严默站在收银台，冲我笑，说——

"欢迎光临，我是简厅店主严默。"

我想，我听到了最动听的曲子，闻见了最浓郁的花香。

2

麦田上的乌鸦

傅晓薇常在一家清酒吧唱歌，酒吧名为"麦乌"。

酒吧很别致，外观在酒吧街上并不起眼。我第一次来这里喝酒，是比我大十二岁的大叔严默带我来的，初识他时，他是个有钱人，后来遇人不淑，离婚时净身出户，如今重新创业，开了家咖啡厅，混了个温饱。

严默对我说："'麦乌'是家有故事的酒吧，无论老板还是调酒师，无论歌手还是乐手，无论收银女孩还是服务生小哥，都是有故事的人。"

我相信严默。

踏入酒吧的第一天，我坐在角落里，看傅晓薇坐在舞台上，着一身休闲的黑色西装，内搭白衬衣，头发自然散落，她轻握麦克风，低吟浅唱，间奏时，习惯性地侧过头看地板，染色灯光洒在她的侧脸上，如梦如画。

吸引我的不是她的容颜，也不是她的歌声，而是她背后的壁画——

《麦田上的乌鸦》。

/ 1 /

傅晓薇每周五和周六来"麦乌"唱歌，每晚唱四首歌，唱完后，她不像其他歌手，匆匆赶去下一个场，而是坐在吧台，点一杯无酒精鸡尾酒，慢慢饮着。

听严默说，她是时尚杂志主编，业余时间开了这家"麦乌"，酒吧里的每名员工都是她认识多年的朋友。

严默和这家店的每个人都很熟，在我第四次来这家酒吧时，我和傅晓薇也已熟络，我问她："为什么舞台背景是《麦田上的乌鸦》呢？晓薇姐，你应该知道，这幅画并不算吉利，也不像是一家酒吧里的画。"

"嗯，看来你知道这幅画的背景故事？"

"梵·高在平静的麦田中体会不到宁静，即便蓝天中满是阳光，但内心存储了太多有关死亡的影子，黑影化作无尽乌鸦，引着梵·高飞向他的蓝天，找寻真正的光明。翌日，梵·高再度来到金黄的麦田中，对准自己的心脏开了一枪，

幸福没有捷径，只有经营

黑暗背后仍是蓝天。"

　　傅晓薇轻抿一口酒，握着酒杯，看着它，笑了，她摇摇头，说："所以，你认定这家店叫'麦乌'，纯粹是因为《麦田上的乌鸦》？"

　　我凝视她的侧脸，近乎妖娆的美丽，稍不留神，便会让人沉沦。我想起严默给我看过她五年前的照片，岁月虽没有在她脸上留下任何痕迹，她在残忍的时光面前依旧美丽，只是，那时的她，更为清纯。

　　时尚主编、酒吧老板、驻唱歌手、画作收藏家，这些词组合在一起，都在透露一个信息：傅晓薇是个有故事的人。

　　我察觉我失了神，红着脸，默默举起酒杯，将视线转移到舞台上的抱着吉他弹唱的民谣男歌手，我说："我猜，远没有我想得简单。"

　　"我听严默说，你是写故事的人，曾经还开了家'解忧花店'，会给每个买花的人解忧。"傅晓薇放下酒杯，双手放在吧台上，侧过脸，看着我，说，"现在你不开店了，我也不需要解忧。不过，我和你说这段经历，你帮我写成故事吧，我需要一个故事，你可以当树洞吧？"

　　我缓缓侧过头，看暗红色灯光下她的脸，精致、妖娆、成熟，一点儿也找不到五年前的青涩感，我点点头，说："你开始说吧，我愿做一个树洞。"

七年前。

江南的夏天，依旧热得让人晕眩。傅晓薇将手背放在额头上，仰面，看了看太阳。

傅晓薇低头、闭眼，眼前的世界并没有变得黑暗，是橙色的黑暗，还残留着阳光在眼中刻下的痕迹，犹如灼伤后的疤痕。她睁眼，笑，摇头，然后迈进院中，在烈日下，她撑着伞，缓缓走到属于他们的小屋中。

典型的江南建筑，以砖、木、石为原料，木构架为主，马头墙、小青瓦，看起来仿佛装饰精致。可在城市中，它的定义更像"贫民窟"。

傅晓薇收起遮阳伞，费力推开虚掩着的木雕门，腐旧木头吱呀一声，地面扬起微微细尘。

"回来了？"低沉的男声，带有致命的魅力。

"嗯，回来了。"傅晓薇放下包与伞，整了整衣领，抚额前刘海，答道。

没有下一句对白，傅晓薇用手扇着风，全是热浪，汗从她的脸颊慢慢滑落，跌至肩膀，沾湿衬衫。

天花板上的吊扇在摇摇晃晃地转动，时不时传来如乌鸦般的嘶哑叫声，惹人心烦。在昏暗的光线中，能隐约看到狭小空间中的摆设——

床、衣柜、木桌、画板、两张椅子、一些杂物，角落里堆满了画纸与颜料，东西不多，仍把不足三十平方米的空间堆得满满当当。

傅晓薇拿出纸巾，擦擦汗，坐到床边，心中有说不出的烦闷，南方夏天的炎热总使人躁动不安。她看镜子，汗已经花了她的妆，她嘟嘴、皱眉，看木桌前拿着画笔在一丝不苟绘画的麦乌。

麦乌是男子的艺名，取名灵感源于文森特·梵·高的名画《麦田上的乌鸦》。

他是个画家，一个不得志的画家。

"你在看什么？"麦乌头也不抬，闷头问道。

"我在看画，你画的画。"傅晓薇半躺在床上，手握一幅油画，明显看得出来，这幅画曾被揉成纸团。在傅晓薇的身边，也放着几幅折皱明显的画。

"那不是画，是废纸，丢了。"麦乌依旧没看傅晓薇，"没人欣赏的画只能是废纸，没法发表的画永远是废纸。"

"我欣赏。"傅晓薇丢下画，走向麦乌，伸出右手，抚摩麦乌的短发。多好看的艺术家，没有留着疯子般的乱糟糟长发。

麦乌放下笔，叹气，起身，绕过桌子，走到床前，没有碰傅晓薇，直挺挺地躺下去。傅晓薇扭过头，看这个爱憎分明的艺术家，想笑，却笑不出来。

"起来。"傅晓薇俯身，看着麦乌的脸，头发刚刚触碰到他的脸，说，"你太久没和我说话了，每次我回来，你都不停地画，不停地画，不停地画……我喜欢你的画，可是……你和我说几句话吧！"

"不说了，我倦了，让我睡会儿吧。"麦乌没睁眼，不耐烦地挥开脸上的头发，侧过头，他的声音很慵懒，又很迷人。

"起来。"

隐约听到麦乌一声叹息，他嘟囔着，手支撑着床板，爬起身，坐到床边，扭头瞅着身边穿正装的女生——

标准职业女性装扮，不是很熟练的化妆手法，漂亮的脸蛋，很青涩。

有多久没仔细看她的样子了？麦乌想。

麦乌想不起来了。

麦乌记得起的只有画画，不停地画，在狭小空间里昏天黑地地画、不分昼夜地画，画到连饭都忘记吃，连水都忘记喝，连澡都忘记洗，甚至连觉都忘记睡。

画了，不满意，揉成纸团，丢在角落里，接着画，他看不到每晚傅晓薇都蹲在地上，一个纸团一个纸团地捡起来，

　　　　幸福没有捷径，只有经营

坐在椅子上，小心翼翼地一张张摊开，按平，掉入床底的，她就会趴下来，伸手、费力捡出来。

麦乌大概一个月能画出一张满意的画，寄给耗尽心思弄来联系方式的编辑们，接着就开始每日每夜地等待，可惜，投出去的样稿几乎都石沉大海了，偶尔会有几张退稿函寄来，白纸黑字，寥寥几句，更像是一种莫大的讽刺。

傅晓薇收集了无数张废弃的画，她时常一张张翻阅，然后扭头看在画板前涂涂抹抹的麦乌，他早已双眼无神，面容失色。傅晓薇看得心疼，每天夜里都等到麦乌躺下时，才肯睡去，有时是凌晨三四点，有时是通宵未睡，能一块儿入睡时，傅晓薇会轻躺在他的胸口，听他的心跳。

麦乌也抱住她，抚摩她的长发，脑海里浮现尚未完工的油画。

这种生活，两年了，从七年前持续到五年前。

/ 3 /

《麦田上的乌鸦》是麦乌最喜欢的一幅画，傅晓薇记得很清楚。

相识时，在一场画作交流会上，他们当时都还是学生。

麦乌瘦高清秀，用苍白如雪的手指向墙上的复制品，声音平淡，也掩盖不住来自内心的热情，麦乌说："看，这幅画的画面极度骚动，绿色的小路在黄色麦田中深入远方，你知道这意味着是什么吗？它代表了梵·高的内心，这样的画面更增添了不安和激奋的情绪。"

傅晓薇总在不经意间想起初识时的画面，那时的麦乌，仿佛被光环笼罩着，令人炫目，如果直视稍不留神就会被灼伤眼睛。现在的麦乌，像极了《麦田上的乌鸦》里的隐喻，画面处处流露出紧张和不祥的预兆，像一幅用色彩和线条组成的无言绝命书。

又是一个不眠夜，还好是周末，第二日不用上班。傅晓薇扭头，看已熟睡的麦乌。

看不见了，看不见了……看不见当初无法直视的光芒了。

傅晓薇盯着麦乌的脸，干净、苍白、消瘦，她慢慢凑过去，亲吻他的唇，想起如今的麦乌每日的状态——

坐在屋里疯狂作画，永远都在画。稍有闲暇时，他会翻一翻散文集，看一看旧报纸，或坐在地板上，看一幅幅卖不出去的画发呆。偶尔发表了一幅作品，也不见麦乌欣喜若狂，他只会双手捧着汇款单，继续发呆，好久好久，回过神来时，嘴角微微上翘，很快又恢复了平静，将汇款单给傅晓薇。

这些稿费，根本维持不了一个正常人的生计。

麦乌是极不愿意和傅晓薇一同去餐厅吃饭的，因为麦乌

幸福没有捷径，只有经营

掏不出钱来结账。每当傅晓薇提出外出，最终都不可避免地演变为一场争吵。每次争吵结束后，麦乌都低着头，双手叉腰，在狭小的屋内不停地来回走动，傅晓薇蹲坐在门口，默默擦泪。

傅晓薇自然委屈，可还是转过身，去厨房炒菜，有时赌气出门自己吃饭，也不忘打包一份回来，给画到忘了吃饭的麦乌送去。

不仅是吃饭，连购物，都能成为两人争吵的源头。麦乌从不接受她为他买的新衣服，也看不惯傅晓薇为她自己添置衣物。每当这时，傅晓薇都想冲麦乌大吼：房租是谁付的，我付房租时你怎么不说话！

每次话到嘴边，傅晓薇都忍住了，将所有不愉快都活生生吞回肚中，穿着旧衣服，连妆都不化了，擦擦泪，围上围裙，去厨房做饭。

时间长了，傅晓薇也想过分手，可她还是太爱麦乌了，始终不忍心说出"分手"这两个字。

午后，傅晓薇蹲在门前，听空中麻雀叽叽喳喳的声音，总在潜意识中将它们幻想成一只只乌鸦，慢慢地，她沉浸在幻想的世界里了：他们的房屋演变为一片金黄的麦田，天空布满了乌鸦，黑压压一片，它们吼叫着，像在诉说人世间所有的不公，满心愤慨。

乌鸦们在空中盘旋，绕成圈，慢慢下落，落到他们面前，麦乌总会一点一点变成梵·高的模样，接着，拿起画笔与颜料，走进麦田，手中紧紧握一把枪，枪口黝黑，深得宛如无底洞。

傅晓薇每次都站在麦田旁，听麦乌……或者说是梵·高，或者都是，他们不停小声嘟囔着：没办法了，没办法了……

没办法了！

梵·高摇晃着身体，走入麦穗摇摆的麦田深处，吼叫着，怒喊着，狂笑着，痛哭着。突然，把枪上了膛，将子弹打入腹中，枪声如泣，在麦田中不断回荡，竟未惊走环绕着他盘旋的乌鸦们。

乌鸦们环绕飞行的速度更快了，它们齐声唱着歌，梵·高跪在麦田中，血从腹中溢出，他笑着，慢慢倒了下去。乌鸦们变成了秃鹰，一拥而上，扑向他的身体，啃食着……

/ 4 /

傅晓薇尖叫，站起来，看见的仍是破破烂烂的院子，她深呼一口气，轻抚胸口，擦去额头的冷汗。她转身，走进屋内，适应从烈日转入黑暗中的"失明感"，等她看清了，她

幸福没有捷径，只有经营

呆若木鸡。

麦乌直愣愣站在屋子中央，面无表情，眼神呆滞，背后是他并不多的行李，收拾得很整洁，他看到傅晓薇走进房间了，半晌，才有了些许反应，像被人从睡梦中吵醒，一脸的厌倦，他低下头，弯腰，拿行李，不再看傅晓薇，口气生硬，如同背书，说："我要走了。"

傅晓薇身体颤抖着，她举起手臂，指着麦乌，提高音量，问，"麦乌，你什么意思？"

"分手，我走，你留。"

一如既往的干净利落，无论举动还是言语。

窗外恍若有一只乌鸦飞过，声音凄凉尖锐，她知道，这是幻觉。

傅晓薇眼眶里满是泪水，她颤抖，颤动得愈发厉害，她想歇斯底里地冲麦乌吼：你凭什么这样？你对得起我吗？

傅晓薇忍住了脾气，一如往常，走到麦乌身后，背对他，穿上旧围裙，走到锅旁，翻翻已切好的菜，尽可能地控制音线里的颤抖，说——

"你走吧！再也不要回来。"

傅晓薇炒着菜，一直没转身，她炒完了所有的菜，然后转身，发现麦乌已不在了，画架不见了，颜料不见了，地面上的纸团没有了……傅晓薇端着菜，一碟碟放到餐桌上。她取出餐具，开始吃饭，吃着吃着直到她确定麦乌已经完完全全消失在这个房间里，她才放声大哭。

/ 5 /

"看，这幅画的画面极度骚动，绿色的小路在黄色麦田中深入远方，你知道这意味着什么吗？它代表了梵·高的内心，这样的画面更增添了不安和激奋的情绪。"

"没办法了，没办法了……没办法了。"

……

傅晓薇尖叫，惊醒，睁眼，气喘吁吁，急忙看床边，空的，再看木桌那，也是空的。

是梦，梦中他的声音，慵懒的声线，却始终复述着梵·高、麦田还有乌鸦，不停地复述，让人沉沦。傅晓薇看着空荡荡的屋子，握紧拳头，冷不防，将怀中的枕头狠狠丢出去。她大口大口地喘气，想尽方法，让自己平静，站起身，下床，装作什么也没有发生，洗漱，化妆，露出笑容，上班，下班，吃饭。

没有了麦乌，又开始化妆了，能买新衣服了，能下馆子了，能按时睡觉了，生活，好像恢复正轨了。

只有傅晓薇清楚：工作不能疗伤，繁忙阻止不了思念，

幸福没有捷径，只有经营

只要一想起他，忙碌的生活马上变得空荡荡的，仿佛坠入了深渊。

最痛彻心扉的，永远无法用语言精准描述，就像梵·高的画，一旦用语言去讲解，便丧失了所有意义。

/ 6 /

"有人寄花给我？"

傅晓薇接过前台递过来包装精美的花，满心困惑，现如今应该不会再有人送花了啊。

傅晓薇带着疑问，捧着花，走进办公室，五年后的她已是时尚杂志主编，对于爱慕自己的男士来送花这种行为，早已有了免疫力，不过，自从她半年前做了那个决定后，就再也没有收到过花。

"张大福？"傅晓薇拆开包装，看夹在其中的名片，自言自语道，"真是个俗气的名字。"

傅晓薇丢下花，皱眉，总觉得名字从哪里听过，她若有所思，又看向花，发觉花束中，还夹着一封信。她打开，才看了几行，便惊出了声——

张大福，麦乌的本名，果然是他。

麦乌作为才华横溢的青年画家，自然对"张大福"很是不满，自从大学起，他便不允许任何人喊他本名，只许别人称其为麦乌，久而久之，大家都忘了他的本名。

与麦乌分手后，五年间，傅晓薇再也没看过画，也没关心过美术界的信息，麦乌也终于成名了，画展一场接一场地办，身价随之水涨船高。

信中，麦乌提出见面。

傅晓薇犹豫好久，还是决定赴约。

傅晓薇选了家名为"简厅"的咖啡馆，她的老朋友严默在净身出户后重新创业开的店。

"好久不见。"麦乌率先打破沉默，使用的句子，竟然如此俗套。

"嗯，好久不见。"

"五年没见了……那个房子，你早就不租了吧？前些日子，我回去过，发现屋主已换了人，几番打听后，才知道你现在所在的工作地点。"

"哦……"

麦乌没想到傅晓薇的态度如此冷淡，五年间的空白，像已完全阻绝了他们，内心疏远所带来的寒冷，恍若冰山。

"你已经是主编了吧？恭喜啊！"

"同喜，名画家。"

"你……能好好听我说话吗？能好好地说话吗？"

"五年未见，你的话却是变多了。"

麦乌有些懊恼，用筷子搅拌碗中的菜，他叹气，低头，从包中取出一本画册，递给傅晓薇。

傅晓薇没接画册，低声说："这五年……我都没看过画了。"

"拿着，看。"

那瞬间，傅晓薇有种回到五年前的错觉，不容回绝的慵懒声线，几个短语便轻描淡写，下达意愿。傅晓薇抬头，仔细看他，短发、干净、苍白、消瘦，那双眼睛，也不再是黯然无神。

傅晓薇也轻声叹气，接过这本比辞海还厚的画册。

傅晓薇翻了翻，很快，眼睛便湿润了——

这本画册达数千页厚，每张画，都是傅晓薇的画像，每页都标注了创作时间，从大学时期到昨天。

"五年了，我一直在想你。"麦乌用右手撑着下巴，看傅晓薇，说，"当初我离开你，是我不想给你造成负担。如今，我已有足够的信心与资本，来到你面前说要给你幸福。我画了一千张你，每天都在画你。你……能原谅我吗？回到我身边吧！"

傅晓薇仿佛又看到了狭小房间里的麦乌，在混浊灯光下，靠着木桌，对着画板，一笔一笔一丝不苟地画，她流下泪水，泪打湿了画册。傅晓薇深呼吸着，像深思熟虑，像欲言又止，她缓过神，声音有些颤抖，说——

"可是太晚了，我已经……结婚了。"

窗外恍若有一只乌鸦飞过，声音凄凉尖锐，麦乌知道，这是幻觉。

/ 7 /

我写完这个故事，用E-mail发给傅晓薇，我拿起书桌上的水杯，喝下杯中水，望着窗外的灯红酒绿。

我接触过很多女孩，她们有木讷的、机灵的、害羞的、开放的、笨拙的、聪明的……我也听过很多她们的故事，有时，我也是她们故事中的一部分，更多时候，我会帮她们把故事写下来。

我答应了傅晓薇，做她的"树洞"，也为她写下这个故事，我隐约觉得，故事并没有结尾，傅晓薇还有很多事情没有告诉我。

严默第一次带我去"麦乌"酒吧时是七个月前，严默净身出户后开"简厅"是一个月前，也就是说……傅晓薇在刚结婚时便开了"麦乌"，并且和麦乌再度见面，仅在一个月前。

我紧皱眉头，想推理出傅晓薇没告诉我的部分，这时，

幸福没有捷径，只有经营

傅晓薇给我回E-mail了，她邀请我今晚去"麦乌"。

她坐在我面前，说完了最后的故事——

傅晓薇七个月前结婚当日，开了"麦乌"酒吧，婚姻让她认为她再也见不到麦乌，她需要一个纪念，所以就有了这家酒吧。一个月前，她与麦乌恢复联系后，很快，她在争议中离了婚。

她说完，便上台，开始唱歌。

故事，就这样结束了？我有些失望，望着台上的她低吟浅唱，不禁苦笑，突然，我的肩膀被人拍了拍，我回头，是一个男人，他手里捧着一本册子，递给我，说："我知道你是写故事的人，我很喜欢你为这家酒吧写的《麦田上的乌鸦》，我希望……故事可以再完整点。"

我接过册子，翻阅着，每翻一页，我的手都在颤抖——

是麦乌多年前揉成纸团的每幅画，画上有很明显的褶皱，我想象得出，傅晓薇蹲在地上，一个纸团一个纸团地捡起来，坐在椅子上，小心翼翼地一张张摊开、按平，从大学起，直到五年前，整理成一本画册。

我惊愕，抬起头，眼前的男人，短发、干净、苍白、消瘦，他深情款款地望着舞台上的女人，说：

"你好，我是张大福，这是我和我妻子开的酒吧，'麦乌'，希望你喜欢。"

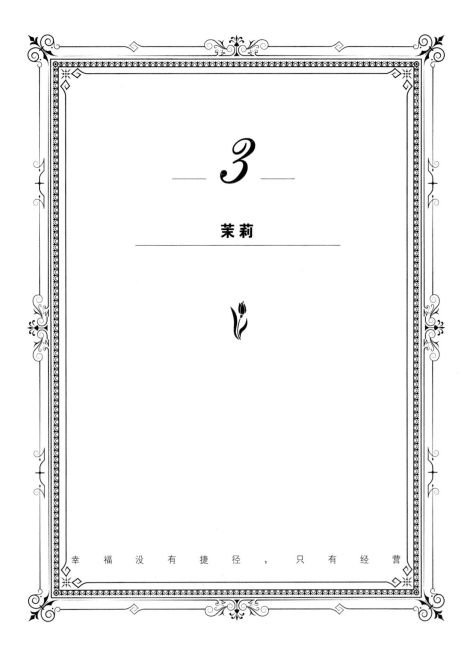

3

茉莉

幸 福 没 有 捷 径 ， 只 有 经 营

我推开后花园的门，木门在吱呀吱呀地唱着歌，嘲笑我总是在不经意间忘掉身边的美好事物，到万物凋零时才追悔莫及。我在月光下看一地的残花败柳，嘲笑自己不断遗忘、不断遗弃又不断遗憾的人生，我所看见的是……

花谢满地……

黯然神伤……

我拿起扫帚，走入花园中央，于是听到高跟鞋敲击地面的声音传来，门又一次吱呀唱起歌，修长的影子遮住了我，我回过身，用手遮住眼睛，抵挡屋内刺眼的灯光，我眯着眼，看黑色剪影，心想：茉莉就算落寞了，还是那么美丽啊！

"你连茉莉花都不管了？"她问。

"我生命中所遇见的花太多了，不是每一朵都是我每夜临时前都要闻一缕香气的，都需要我浇灌一壶水的。茉莉……你，该往前看了。"

"往前看？"茉莉冷笑着，走下台阶，我终于看清她的脸，找不到一丝缺陷的精致的脸。在月光下，显得更加苍白，"熬鸡汤的人，都不喝鸡汤吗？我怎么没见你往前看。"

我苦笑，为什么会变成这样呢？我身边每一个美丽的女孩都变得如此咄咄逼人，我低下头，说："你和我，都会往前看的，相信我，好吗？"

她转过身了。我想，我是等不到她肯定的答复了。

/ 1 /

茉莉和大叔同居的时候，她从未想过未来会那么残忍。

男人似酒，越陈越香。在女孩子幻想的爱情中，理想型有很多种，成熟稳重的大叔则是理想型中的理想型。二十岁出头的女孩子，身处最好的年龄，她们身边的男孩也是二十岁出头，多半幼稚无趣，也是最一无所有的年纪，哪里比得上懂得照顾人的大叔。

茉莉是个清纯的女孩，是无论少年还是中年男士都喜欢的那种类型。她所幻想的爱情，是遇上一个历经沧桑的男人，他谈吐风趣，举手投足之间都散发着成熟男人特有的魅力，他会为了她抵抗世界，也要给她一个温暖的拥抱。

只是，多数幻想，都沦为幻灭。挑战禁忌的恋情，最后都沦为另一种禁忌，折磨人到不堪，当初美好，化为苦难。你有信心面对苦难吗？人在苦难面前，浪漫都是烂尾。

前几天，我再见到茉莉时，她模样并没有怎么变，清纯美丽，脸色苍白，月光下的她，让我觉得特别陌生，她走到我身边，指责我养死了茉莉花。

她的眼睛，如一汪死水。我说：“你和我，都会往前看的，相信我，好吗？”

她背对我，十分钟，我们都没有说话。我听见她的叹息声，她转过身，按住我握扫帚的手，问：“小哲最近还好吗？”

小哲……我都快忘了这个人了。

三年半前，我们都还是学生，男生在宿舍里打游戏，女生在宿舍里看韩剧，第二日揉着惺忪睡眼，捧一本不一定拿对的书，踩着点冲进教室。我曾以为，大学生活会这样平淡无奇地度过，直到遇见一朵朵散发着芬芳的花。

我是在快睡着时接到了小哲的电话，电话里，他惊慌失措，语无伦次，我只听得见“你快来”“自杀”“跳楼”等字眼，我让小哲稳下心来，我才听清：茉莉要跳楼自杀。

我从床上爬起来，胡乱穿着衣服，有一种莫名的心悸，险些摔倒。我脑海里不断浮现她苍白清纯的脸庞，又想起她在电话里炫耀新恋情的欢呼雀跃，我一时慌了神：茉莉啊茉莉，你千万别做傻事。

我终于匆忙赶到，气喘吁吁，看茉莉面无表情地坐在地上，双眼无神，脸庞还挂着泪珠，我感到寒意袭来，我读不出她一丝情绪的波动，她抬起头，看我，我不敢确定我看到的是她的双眼，我总觉得，我看到的是两个黑洞，将幸福全部抽走的黑洞。

小哲站在旁边，手足无措，我问他："人呢？"

"啊……谁？"

"还有谁！"我冲小哲吼，"那个该去死的中年男人呢！"

小哲红着眼，手搓着衣角，嘴唇颤动，发出若有若无的气音。我们都只是学生，面对这种情况，根本无法独立解决。

"他……死了，他……没来。"

我打了个寒战，看向身穿白裙披头散发的茉莉，像看见一具漂亮的行尸走肉，我不敢相信，茉莉能如此若无其事地诅咒一个人。我冷静了，蹲在茉莉身旁，问："他选了他老婆？"

茉莉的眼睛慢慢变得更红，泪水在眼眶里打转，一滴滴掉落下来。我听见小哲也在啜泣，听得我心烦意乱。茉莉点点头，只说出一个字："嗯。"

早知如此，何必当初，这句话说滥了，可……永远是真理！

　　　　幸福没有捷径，只有经营

/ 2 /

大叔和茉莉在一场音乐会相识，他比茉莉大十五岁。

每个女孩都期望在浪漫的场景遇上爱慕的人，茉莉也曾做过这样的梦。大叔才华横溢，气质非凡，吉他和小提琴都是一流水平，弹钢琴的茉莉，第一次见到大叔时，怦然心动，她说："这才是一见钟情啊。"

茉莉在认识大叔三天后，给我打来了电话，声音里洋溢幸福，说："我恋爱了。"

我听着她幸福的声音，沉默，问："你让小哲怎么办？"

她说："我从来都只把小哲当好朋友啊！"

我叹口气，挂了电话，走到宿舍的阳台，望着树丛，心烦意乱。我想起琼瑶阿姨写过一本书，叫《一帘幽梦》，写了一个小女孩和大叔的爱情。我以为，女孩在告别中学后，便不会再相信言情小说，看来我大错特错了。

是不是每个女孩都期待一场跨越年龄的柏拉图恋爱？

我从不愿心怀恶意去揣测别人的行为，只是，当我知道那个大叔已结婚多年并且还有个七岁的女儿时，我不禁满心厌恶。

如今的爱情，真的可以如此胡作非为吗？只要冠名上

"爱"这个字眼，怎样的道德问题都值得被原谅吗？皮囊下的灵魂，谁知道是出淤泥而不染，还是肉欲纵横的丑陋？

总之，茉莉和大叔在一起了，那段时间，她好像比谁都幸福，从不用社交网络的她，也开始秀起了恩爱，从QQ空间、人人网、微博到朋友圈，都能看到她与大叔的幸福合照。她和我打电话描述这段恋情时，除了反复念叨大叔对她有多好以外，我最常听到的……是她对大叔老婆的咒骂。

我从未想过，那样苛刻难听的词句会从茉莉的口中说出。我听着她的幸福，听着她的诅咒，想不起她最初清纯的模样。

小哲得知茉莉的新恋情后，颓废了好长一段时间，他时常喝得酩酊大醉，倒在路旁，大喊"茉莉"的名字。那些夜里，我看小哲一次次喝得烂醉，如一摊烂泥，我恨铁不成钢，也爱莫能助，在那个年纪的男生，都差不多啊，我也一样，面对爱情的打击，除了喝，还有什么办法呢？

经不起打击的少年，在面临挫折时，爱将自虐消极当作深爱的表现，以为这样可以挽回女孩的心。他们不知道，没人会心疼，女孩只会厌恶这种行为，他们最终感动了自己，恶心了别人。

小哲始终走不出阴影，我数不清他是喝醉了十几次还是几十次，终于连我都忍受不了他，我拿起酒瓶，狠狠砸碎在他旁边，伴随着巨响，玻璃碎渣散落四处，他躺在酒里，哭着笑着，我看得心痛，骂："你这样出息了是吧！"

小哲依旧笑，依旧哭，躺在酒精里不顾碎渣刮破了他的皮肤。后来的日子里，我很少再见到他，只知道他拼命地去做兼职，去赚钱，他说："我要赚更多钱，从那个男人手里抢回茉莉。"

我听得心惊，我也曾和小哲一样，最终一败涂地，我看得见他显而易见的失败，可不知如何劝阻他，只能和他说声"加油"。

至于茉莉，我更是难从学校里见到她，关于她的传闻，越传越恶劣。

/ 3 /

我忘了隔了多久，茉莉突然找到我。

风中的她，穿着黑色风衣，脸色惨白，能看得出她的疲惫和憔悴，她拎着包，有气无力喊我的名字。我走过去，问她怎么了。她不说话了，只是往前走，我陪着她，往前走，一直走到她家——大叔替她租的房子里。

她随手将包丢到茶几上，我看了眼包，价值她四年的学费。她捋了下头发，不知从哪取出电脑，点开一部电影，她无力地瘫倒在沙发上，看了我一眼。如今颓废的她，还是那样美，那张清纯的脸庞多了几分不属于学生的成熟韵味，魅力十足。

我知道，她不是那个茉莉了。

我开始陪她看电影，是2010年徐峥和王宝强主演的《人在囧途》，一部喜剧，看得两人都沉默。

电影的结尾，疲惫的徐峥回到家，发现小三比他还早到一步，甚至见到了他的妻子，满心忐忑的徐峥痛斥了小三一顿。他慌慌张张回到家，看到停留在墙上未撕去的日历，看到其乐融融的妻女，鞭炮响了，徐峥与妻子深情相拥，小三一个人走掉了。

茉莉泣不成声，痛哭流涕，一部喜剧在她眼里看成了悲剧。她哭着，反复念叨："我是小三！我是小三，我他妈怎么就成小三了！"

我没有安慰她，冷眼看她哭，她的手机响了，是小哲，她不接。紧接着，我的电话也响了，依旧是小哲，我想接，她右手按住我的手，左手捂住自己的嘴巴，泪水流到她的手指上，她冲我摇了摇头。

在手机铃声不断响起的那个下午，她哭了整整一个下午。

我没有给她一个安慰的拥抱，甚至连肩膀都没借她依靠，一切都是她咎由自取。

我看着她手机屏幕上不断亮起的"小哲"，想起她当初和我说："我知道他有孩子，有家庭，可就是爱他，并且愿意就这样一辈子下去，不会破坏他的家庭。"

每一出幻想中的唯美文艺片，都沦为了恶俗的八点档肥皂剧。

茉莉和大叔早就发生了关系，茉莉也越来越不满足情人的位置，和大叔争执，逼大叔离婚。后来，大叔的妻子知道了，两个女人一见面，就厮打在了一起。

大叔最终选择了老婆，给茉莉卡里打了三万块钱，让茉莉别再来纠缠她。茉莉崩溃了，想要跳楼，闹得轰轰烈烈，可到最后，大叔也没有来。那天，我蹲在茉莉旁边，听茉莉描述这段经历，我仿佛都能想象出泼妇骂街的画面和大叔一脸无奈时抽烟的面庞。

/ 4 /

那天后，我很久没有见到茉莉，传闻更加不堪入耳。

直到有一天，我又接到小哲的电话，小哲说："茉莉怀了大叔的孩子，现在我去带她打胎。"

和上次不一样了，小哲没那么惊慌失措了，我听出了他声音里的不甘，还有……绝望。我知道后，赶到医院，刚到病房口，我见到了大叔的妻子和女儿，即便从未见过面，我看到她们的那瞬间，我的直觉告诉我：就是她们。

女人气质高雅，小女孩甜美可爱，女人完全没有茉莉描述的那样不堪入目和低俗。她们离开后，我进入病房，见茉莉一脸惨白，我问："是她们？"

她惨笑，点头。

那瞬间，我突然厌恶起茉莉来。小哲唯唯诺诺站在一旁，我冷笑，问茉莉："这一次……又给了你多少钱，满意了吗？"

小哲一听，急了眼，上来要揍我，茉莉喝止他，对我说："你还是一如既往地那么毒舌冷静，你以前不也和小哲一样，现在倒成了过来人。"

当初多美好的清纯少女，如今成了长嘴舌的妇人，我笑笑，转身便走，我想……他们的人生怕是从此与我无关了。

一年后，茉莉太久不上课，被开除了，小哲也变了样，整日抽烟喝酒，从乖乖仔变成了混混。

好多年过去了，前几天，我再见到茉莉时，她模样并没怎么变，清纯美丽，脸色苍白。月光下的她，让我觉得陌生，她走到我身边，指责我养死了茉莉花。

她的眼睛，如一汪死水。我说："你和我，都会往前看的，相信我，好吗？"

她背对我，十分钟，我们都没有说话。我听见她的叹息身，她转过身，按住我握扫帚的手，问："小哲最近还好吗？"我笑，说："你还好吗？"

一句问候，她红了眼。

茉莉说，大叔后来离婚了，可也与茉莉断交了，那对妻女，她也没见过。茉莉还说："不要去挑战禁忌，爱情，在涉及利益、家庭时，没那么纯粹。"

她轻描淡写地叙述几年来的经历，仿佛不在说自己，我想象大叔怅然若失的表情，妻女以泪洗面的神情，小哲麻木不仁的眼神。

茉莉啊茉莉，你选择的路，毁了你自己，毁了多少人？一时的冲动和相见恨晚的心灵沟通，总让人无法克制地坠入。和世界反目，走上一条毁灭的不归路，当纯情变成绝情，当相爱变成相恨，飞蛾扑火时的壮烈，充其量，也只剩下壮烈罢了。

/ 5 /

我住的地方，种了很多花，百合、向日葵、玫瑰、茉莉……

每一盆花背后都有一个人的故事，我以此来想念她们。

昨日，我给花浇水，发现茉莉花瓣枯萎了好多，有些，甚至都破碎了。

我不知破碎的原因，风起了，有点儿冷，我关上窗户，深呼吸，看破碎的花瓣，沉默了。

茉莉始终是这样的女子，一腔孤勇，敢爱敢恨，轰轰烈烈，认定了就要往前冲，不顾一切，也无谓伤痕累累，连自己都狠下心去伤害的女孩，哪里顾得上观念上的道德，即便破坏别人的家庭，她也追求她想要的爱情。

我只是心疼，我太了解她，她从未贪恋过那个男人的钱，她只是爱。

只是爱，爱到天崩地裂。我时常在想，爱到底是怎样的一种东西，能让人失了心，发了疯，着了魔，不顾不管地伤人自伤。如此看来，爱太残忍，但也是爱让人甜蜜，让人温暖，让人幸福，如此看来，爱是治愈伤痕的良药。

不管怎样，茉莉花残缺了。

我想起一个妖艳的女人和我说过："女人似花，不浇水就会枯萎，甚至残缺，成了残花败柳，可就没人爱了。对于女人而言，这水，可以是男人，是金钱，是爱情，是理想，是事业，是什么都行，总之，她缺不了。"

茉莉的水会是谁？

突然，我听到楼下有人大喊我的名字，声音太过熟悉，我惊讶于声音里久违的欣喜，走向阳台，推开窗，探头看向

幸福没有捷径，只有经营

下面——

茉莉挥舞胳膊，眉飞色舞，冲我笑，喊道："我恋爱了！"

我想起三年半前那个在电话里和我说"我恋爱了"的茉莉，声音里洋溢着幸福，这么多年过去了，她其实没变啊。

我喊："又是个大叔？"

"去你的！"茉莉双手做喇叭状，冲我喊，"不过，他的确比我大十岁！但他没结婚，他也是单身，我和他啊！你听着！"

路人们纷纷侧目看她，面带善意的微笑，都被她的幸福所传染。

"他在跟我求婚前，曾有个晚上，偷偷约了我爸妈，一晚上就赢得了我爸妈的信任！我……"

"你上来说！"我笑着，"再这样下去，邻居会投诉你扰民的！"

"让人家姑娘说！不扰民，不扰民，我们爱听。"邻居大爷的声音隔着墙从旁边阳台传来，我都能想象到他乐呵呵的样子。

"我和他，昨天！去领证了！"茉莉从包里掏出个红本子，冲我摇着，"简浅，好抱歉通知你太晚了，三天后，来参加婚礼。我要你包个大红包！"

"好！"邻居大爷喝彩、鼓掌。

我也开怀大笑，我想，这段恋情的故事我不必再知道了。我只需知道，这个曾被爱伤透的女孩，这个曾因为爱而迷失的女孩，终于有了灌溉她的水，让她不会再枯萎，也不会再破碎，更不会残缺不全了。

只是……不知道小哲现在如何了。

我和朋友曾开过一家名为"解忧"的花店，在这里买过花的人能得到一封为她解忧的信，我曾写过这样一封信，我想，这封信讲给现在不知何处的小哲听最适合，或许，他也早就懂了，那封信是这样写的——

"爱一个人，不是丢弃自己所有的东西，对她说，看，我为你放弃所有，所以我爱你。爱一个人，是要获得所有，给她想要的，才是爱的表现，你一无所有，拿什么让人去相信你爱她？"

我看阳台上的那盆茉莉花，散发着清香，我知道，几天后，它会绽放得更加旺盛。

幸福没有捷径，只有经营

4

当你喜欢一个很优秀的人

当你喜欢一个很优秀的人，所有的平庸都会变得美好，所有的嘈杂都会变得宁静。

骇天巨浪的海洋变得温柔平和，孤单寂寞的夜晚变得怡然清净，刺眼炙热的太阳变得温暖动人，万物皆有双面，喜欢很优秀的人，让所有负面翻转为正面，让所有阴暗翻转为光明。

因为她那么好啊！

你看见她在日渐浮躁的时代依旧保持初心，她观影读书，她热爱生活，她能发现生活里所有动人的细节，把每个普通的日子变得诗意盎然，你也随之变得愉悦起来，你开始想戒骄戒躁，你开始想拾回梦想，你开始懂得充实自己，不再抱怨生活。

幸福没有捷径，只有经营

你因为她，明白，你连爱都来不及了，哪有时间去恨呢？

当你想破口大骂生活中的烂人烂事时，你看见她依然优雅，自如地面对生活中所有烦心的事，面带你爱的微笑，井井有条，有条不紊，你也慢慢学会用另一种更为柔和的态度面对世界。

当你的心情过于抑郁，负能量爆棚，抑制不住那颗充满戾气的愤青心时，你看见她依然随和，用最简单、最平和的方式排解每一种负面情绪，娓娓道来，如沐春风，你也开始忘却心中的阴影。

你在她身上看到了你最想成为的自己。

你更想了解她了，也害怕这一切都只是自己所幻想的假象，更害怕知道她的另一面。万物皆有两面，玫瑰也有刺，水能载舟，亦能覆舟。但你仍想成为和她一样优秀的人，你看她的眼神愈发温柔，你的内心正在悄悄发生美好的改变。

不过，谁没有阴暗面啊，谁没有在深夜里痛哭过啊？

后来你才慢慢知道，天天带着甜美笑容的她也曾被骗被隐瞒，也曾在夜里孤单徘徊看不清未来的模样，也曾被伤害得伤痕累累鲜血淋漓，也曾觉得每一秒呼吸都那么难熬，痛苦得砸着床流着泪也没办法改变糟透的现状，没办法重回逝去的曾经。

噢，她也那么痛过啊？

你看到了她现在的优雅优秀，现在的坚强隐忍，现在的高智商高情商，也知道了她过去的手足无措，过去的痛不欲生，过去的小聪明太天真，你更喜欢她了。

想变得和她一样优秀，想变成更好的人，想也许她终于有天累了，你有足够的能力对她说："有我在，你休息下吧，明天我们再一起奔跑！"

当你喜欢一个很优秀的人，你的世界就会变成另一个样子，你最期待的样子，虽然也许会比不上她，虽然也许也不一定能和她白头偕老，可就是有这么一个人，让你憧憬，让你拼尽全力变得更好。当数年之后，你终于蜕变，你淡笑：

谢谢自己曾喜欢那么优秀的人，终于，我也和她一样优秀了。

5

飞蛾扑火时，也许是快乐的

/ 1 /

"我回来了。"防盗门嘎吱响了一声,安婧在玄关换好拖鞋,走入客厅,问,"简浅,就你一个人啊?也是,TWO和天俊应该都去上班了。"

"你是在说我吗?"浴室里窜出一个人,穿着背心,符天俊拿白毛巾擦湿漉漉的头发,眼睛茫然眨着,一脸迷惑,"我好像听见我的名字了。"

"啊!符天俊!"安婧尖叫,"你今天不是有个很重要的会议吗!你不去真的好吗?会被炒鱿鱼的!"

"炒鱿鱼?"符天俊大摇大摆走入客厅,随手一扔毛巾,重重往沙发上一扑,"没事,我已经把老板炒了。"

幸福没有捷径,只有经营

"走开。"我拍开符天俊的胳膊,继续翻书。

"别那么无情,简浅,"符天俊没心没肺地笑着,从沙发上爬起来,作势要去抢我的书,"哎呀!我……你……简浅,我跟你有那么大仇吗,你至于用脚踢我肚子吗!你……"

安婧有些伤脑筋,望着如阳光般的大男孩符天俊,心情也愉悦起来。安婧眼中泛着温柔,嘴角浮现淡淡笑意,她喜欢这种感觉,辛苦一天后,家里总有人在等着她,吵闹着、嬉笑着、喧哗着,人间烟火的温馨与平凡让她觉得幸福。

没有阅尽沧桑的心境,也没有饱含血泪的痛楚,不需要轰轰烈烈的爱情,不渴望跌宕起伏的一生,平淡的生活才是最美好的。安婧一直这么认为,虽然在日新月异的世界里显得有些不合时宜。

符天俊和TWO都是我的室友,我们三人整租了一套三居室,我有时会想:上帝真不公平,同样是室友,符天俊的天生好皮囊让无数姑娘为他着迷,TWO的二货气质让姑娘们对他敬而远之。

不过,当我知道TWO的收入是符天俊的三倍时,我又觉得,上帝是公平的,他会给你关上门的同时再给你打开一扇窗,也会在你索求过多时,夺走你的一切。

安婧是大三学生,比符天俊小五岁,是他高中学妹,两人现在恰巧都在上海,安婧便时不时来找他玩,久而久之,我们都成了朋友。

"安婧……"符天俊笑嘻嘻地挪到安婧面前，"我的好安婧。"

"啊？"安婧吓了一跳，从沉思中回过神来，慌乱抬头看符天俊的面庞，眼神接触，安婧明显红了脸，吞吞吐吐道，"干，干吗？"

"今晚……你帮我洗碗吧。"

"啊？"

"今晚我的韩国朋友来找我玩，我要打扮下去酒吧，哪有时间洗碗啊，"符天俊灿烂笑着，"嘻嘻嘻，好不好？下次我请你去那家新开的烤肉店吃饭。"

"好……啊！"安婧一声尖叫，符天俊竟把她抱住转了一圈，欢呼雀跃道，"我知道安婧你最好了！谢啦！"

符天俊放下她，冲到梳洗间，传来吹风机的噪声。安婧愣在原地，一脸苦笑，她原本想说的是："好像这样不太好吧！"

"人有两种死法最愚蠢，一是喝酒喝到蠢死的，二是不懂得拒绝蠢死的，"我放下书，"你和符天俊，最好不要这么死。"

"你……"安婧刚想反驳，又立马放弃，她深知斗嘴不是我的对手，她哪敢自投罗网，只好骂道，"你真腹黑！"

"谢谢。"

"我走啦！"符天俊从梳洗间里冲出来，窜到门口，冲安婧挥手笑道，"今晚我不回来了！"

"他果然还是蠢死的。"我丢下书，往卧室走去，我注意到安婧眼睛红了，想必她比谁都清楚，无数次的夜晚，她都见到过我扛着又哭又闹酩酊大醉的符天俊回到家中。

每个人的表象都是一件精心装饰或粗制滥造的外衣，内心的寒冷冰山或烈焰火山、平静湖泊或滔天巨浪我们都看不到。生活有着最逼人的磨蚀能力，总逼得人心要看似袒露，实际曲径幽深。表里如一的人虽然真实，但往往不被人喜爱，人们都不愿意承认，他们喜爱的都是虚假的泡沫，即便口口声声说热爱着真实，可真实太过粗糙，总是被厌恶着。

/ 2 /

惯了，把符天俊扛回家的一个个夜晚。

风在耳边呼啸地尖叫着，我望着黑色河面，它那么平静起伏，掩盖它汹涌波涛的另一面。我们常被平静的水面所欺骗，沉溺在它的温柔亲切中，弹指间它声嘶力竭，须臾中它危险残忍。水就像生活，我们被它的伪善外表所蒙骗，被它的残酷真相所刺伤，鲜血淋淋。

可惜让我安静感慨的时间并不多，因为符天俊正倒在路旁，傻笑着，哭喊着，声音嘶哑，手舞足蹈，他嘶吼着，"为什么要这样！为什么！我做错什么了！为什么……我好难受啊，为什么我对每个人好每个人却都说我不好！我哪里不好啊，我改还不行吗！"

　　我站在他身旁，看符天俊撒酒疯，终于，我扛起符天俊，一步步朝家里走去。在月光下，我们的影子被拉长，寂寥、空虚。我额头布满汗珠，面无表情，也不说话。

　　TWO常和我说，他羡慕符天俊，虽说他的收入是符天俊的三倍，但符天俊家里有钱，父母赚的钱够符天俊挥霍很多年，更何况，无论什么季节，符天俊的桃花运总源源不断，还有个对他不离不弃的小学妹。TWO也有个学妹常跟着他，其实他是身在福中不知福。

　　他哪里知道，符天俊常在喝醉时，说自己活得像个烂人，每次伸手向家里要钱时，卑微得像个乞丐。

　　每个人脸上都有一张面具，丑或美，冷冽或热烈，谁敢撕下面具，让人看一看他的真实面貌？总会有光芒万丈的人在背地里苟且偷生，有热情开朗的人在深夜里失声痛哭，撕裂着心脏，拉扯着灵魂，把所有痛楚都挡在面具下，给你一张他想让你看见的脸。

　　生活，若不能伟岸光明，又何苦满目疮痍？我的脸色愈

　　　　　　　幸福没有捷径，只有经营

发苍白，他掏出钥匙，开门，客厅灯是亮的，沙发上，是安婧躺在那儿，不小心睡着了。

还好，就算满目疮痍，总有个尚未溃烂的角落让人停靠歇脚。

/ 3 /

符天俊最近喝酒喝得过了头，安婧放心不下，跟学校请了假，想照顾符天俊，可符天俊总是不带她去酒吧。有一天夜里，安婧偷偷跟在符天俊后面。

符天俊漫无目的地走着，安婧不敢上前，她从没见过这样的符天俊——失魂落魄，像一具行尸走肉。几小时过去，天色已晚，安婧弯下身揉了揉走得酸疼的脚踝，不敢相信竟走到酒吧一条街。

符天俊轻车熟路，恢复了一贯的灿烂笑容，大步迈进一家酒吧。安婧怯生生走上前，想要跟进去。

"我劝你，不要试图去拉一个自愿陷入泥潭的人。"我冷不防站到她身边，吓得安婧一哆嗦，她扭头，才发现我也一直跟着。

"我拉过，很多次。我最终得出这个结论，有些人是毒药，是泥潭，你拯救不了，反而会被吞噬，所以，我劝你，安婧，不要做无用功了，他不是迷途的羔羊，他是浸满毒药的泥潭，趁你还没被吞噬，逃吧！"

安婧曾这么形容我的声音：像冰一样，理智到没有一丝情感。安婧心中慌乱，抬起头，迷惘盯着酒吧的巨大招牌，闪耀的光刺得她眼睛疼，可我看出她眼中的蠢蠢欲动。终于，她迈开脚步，说："简浅，你听说过飞蛾扑火的故事吗？"

风吹乱了我的头发，我叹口气，看安婧迈向酒吧的背影，竟那么壮烈决绝，像极了奋不顾身扑火的飞蛾。

"我爱复杂的生活，却又想在其中遇见简单的人，直到很久后我才清楚这有多奢侈。"我对安婧的背影说，更像是自言自语，"我拉不动他了，交给你了，安婧，别陷进去了，千万。"

我转身，拦下一辆出租车。

次日，凌晨五点。

"那……哦，小心，你用点力……"安婧双手抱住符天俊的双腿，大汗淋漓，轻声道，"你别把他的头撞到栏杆了"。

我喘着粗气，双手拖着符天俊的双肩，我们终于把他扛进电梯。符天俊倒在电梯里喃喃自语，含糊不清。

"麻烦你了。"安婧脸微红。

　　　　幸福没有捷径，只有经营

我没有理会安婧，她脸色发白，电梯里只剩符天俊的呻吟声。电梯门开了，我们再度合力把符天俊扛到家门口，我掏出钥匙，开门，我们将符天俊扛到沙发上。

安婧像是要虚脱了，她快站不住了，我将一杯水递到她面前，安婧抬头，看满头大汗的我，接过铁杯。

"你为什么所有杯具都是铁制的？"

"我讨厌会碎的东西。"我说。我的房间里，从杯子到餐具全是铁制品。

"抱歉，还是麻烦你了。"安婧深深低下头，这是她人生第一次喝醉，我接到电话后，赶到时，她比符天俊哭得更加歇斯底里。我陪在他俩旁边，从深夜陪到凌晨，直到安婧勉强恢复了些意识，我们才合伙把符天俊拖回去。

安婧脸色憔悴，看沙发上的符天俊，和我说起昨晚的经历。

昨晚，符天俊一如往常，跟着拍子扭动身躯，他看到安婧进来了，也没赶她走，反而高兴得牵起安婧的手，跳着自学成才的舞。

震耳欲聋的音乐和疯狂闪烁的灯光让安婧无所适从，她跟着符天俊一起跳，动作僵硬不自然。符天俊见安婧怯生生地像个中学生，大笑着揉揉她的头发，蓦地拉开安婧的马尾辫，长发披下。

安婧大惊，符天俊贴在她耳边，大喊道："这样好看！"

安婧还未来得及说什么，符天俊递上一杯酒堵到她嘴边，不由分说灌了下去。没有兑饮料的纯洋酒，安婧喝下一整杯后，有些头晕，意识还算清楚，她想：也没什么，根本不会醉，还挺好喝。

符天俊拉着她手继续跳，在密集的鼓点中，安婧酒劲慢慢上来——整个世界都在旋转，哦，灯红酒绿真美丽，天旋地转真有趣，每个人的脸都好像变得好看了，身体有什么在蠢蠢欲动。安婧笑容也灿烂起来，她跳得不再僵硬，她疯狂地尖叫、跳跃，将压抑全部释放——那一瞬间，她终于懂了符天俊为什么爱这里。

她看向符天俊，醉眼蒙眬，他的脸还是那么英俊，她心脏狂跳起来，她想干一件疯狂的事，她踮起脚尖，嘴唇试图靠近符天俊的双唇，突然，符天俊搂住她，热烈激吻……

安婧说完，真的安静了。

"我劝过你，好自为之。"

"那你为什么还会来呢？"安婧反问。

我抬眼看向安婧，安婧害怕了，不自觉地避开对视。安婧不敢再多问我些什么，她喝完水，放下铁杯，轻手轻脚走进符天俊的卧室——

幸福没有捷径，只有经营

她今晚睡床，符天俊睡沙发。

我手一松，我手里握着的杯子掉到地毯上，铁杯滚了几圈，清脆刺耳的声音慢慢消失。我双眼无神，看了眼杯子，手无力伸过去捡，颤抖、僵硬。

我讨厌会碎的东西，准确地说，害怕会碎的东西。玻璃会碎，瓷器会碎，心更容易破碎，所以，把心变得很钢铁一样坚硬，就不会碎了。我捡起铁杯，放好，在昏暗的光线里发觉铁杯竟划出一小道刮痕，我笑了，笑得很艰难——再怎么坚硬也会伤痕累累啊！

我站起来，盯着在沙发上呼呼大睡的符天俊，低声问道："同样的遭遇，你选择用酒精麻醉，我选择用咖啡镇静。符天俊，你知道吗？我一直没和你说过，要感谢每一次苦难，它是最宝贵的财富。"

符天俊翻了个身，不知含糊嘟囔些什么，我替他盖上一张毯子，走回屋里。

/ 4 /

"昨晚，谢了。"

我正准备出房间，恰巧听见客厅传来符天俊的声音。

"哦……没事。"安婧声音很小，听得出迷茫。昨晚，她再次看到喝多的符天俊大哭大闹的样子，比起以前的每一次撒酒疯，符天俊显得更加撕心裂肺。最关键的，还有那个吻。

"今晚，你还去？"

"嗯。"符天俊点点头。安婧低下头，我知道她很想问符天俊频繁去酒吧自我折磨的意义何在，更想劝他别再去了。

"简浅说得对，那地方不适合你去。"符天俊说。

"天俊。"

"嗯？"

"今晚……你带我去，好吗？"

我推开门，想要打断这段对话，安婧并没有在意我出来了，她抬起头，勇敢盯着符天俊的眼睛。符天俊怔住，想要拒绝，可看见安婧坚定的眼神，愣了很久——

那种眼神，包含了太多复杂的东西，赴汤蹈火般炙热，骇浪涛天般疯狂，可眸子里的深处，是沉入海底的平静。

符天俊无法拒绝，点点头，说了酒吧名称和约定时间，出门。我在符天俊出门瞬间走入客厅，靠着墙壁，看安婧，安婧不敢抬头与我对视，她喃喃道，"别用这种眼神看我，你的眼神……深沉似冰，冷漠到让人害怕。"

"好自为之。"

我说完，关上了门，关门的声音很轻微，却震得我心颤，门掩上那刹那，我看见她弯下了腰，将脸埋入双掌中，失声哭泣。

为了虚无缥缈的爱情，做这一切真的值得吗？如果到头来，还是竹篮打水一场空，会不会太过讽刺？爱情若能两情相悦，自是最完美不过，若不幸陷入了情感生物链，你爱我，我爱她，她爱他，他爱你，谁都无法走到生物链金字塔的顶端，则两败俱伤，伤痕累累。

他们再一次夜不归宿，翌日清晨回来的只有符天俊，安婧回学校了。

符天俊回到家，刷完牙后，倒回屋里大睡，晨昏颠倒的生活对他来说已是家常便饭。符天俊潜意识里认为，躺在泥潭里很舒服，何苦费力往上爬。他昏天暗地不知睡了多久，符天俊听见卧室门响了，他迷迷糊糊道，"简浅……帮我倒杯水呗，谢了。"

铁杯摩擦的声音，倒水的声音，符天俊意识不清，恍惚间有人将他扶起来，铁杯递到他的唇边，符天俊昏昏沉沉张开嘴唇，喝了一小口，伸手去拿水杯，不小心握住了手。

他一怔，这当然不是我的手。符天俊睁眼，见安婧坐在床沿，满眼湿润地盯着他，符天俊轻轻松开手，接过水杯，说："是你啊……我还以为是简浅。"

已是深夜，符天俊睡了一整天，在安婧的恳求下，我站在门外，陪着她。

　　"嗯，我也刚起来没多久。"安婧随手撩了下头发，符天俊注意到安婧不再扎马尾辫，头发像昨晚在酒吧那样松散披下来。安婧眼睛红肿，神情憔悴，目不转睛地盯着符天俊的脸，符天俊默默喝水，呆滞地看向墙壁。

　　"那是……我的初吻。"

　　符天俊愣住，双手握着铁杯，转眼看安婧，不知说什么好，他将杯子放到床头柜上，伸手想抚摩安婧的头发，又忍住，低下头，说："对不起。"

　　"只有对不起吗？"

　　符天俊不说话。安婧惨淡一笑，说："简浅果然说得没错啊。"

　　"他，说了什么？"符天俊扭头，看倚靠在门上的我。

　　"他和我说啊，"安婧低头，"所谓的'不值得'全是由于你过分相信'会有回报'造成的，而你，怨不得别人。"

　　"嗯，像是他说的话。安婧……你听我说。"

　　"嗯。"

　　"是我不好，你……别再跟着我去酒吧了，我不想害你，也不想让你跟着我一起往火坑里跳，"符天俊声音变

　　　　　　　　　　　幸福没有捷径，只有经营

了，"我……我配不上你的，对不起。"

"哈哈。"安婧挤出笑声，"你不喜欢我还要吻我，你是不是对每个女生都这样？"

"对不起，安婧。"符天俊嘶哑道。

"我不要你的对不起，"安婧站起来，背对符天俊，"我要你……你明白，这种话不应该由我说，陪我去旅行好吗，我好累。"

符天俊看向窗外，已是黄昏，他闭上眼，说："旅行？我没有力气逃了，真的对不起。"

安婧苦笑着，面庞靠近符天俊，亲吻了他的额头，拿起包，低着头小跑出了门，与我擦肩而过时，我发觉她的眼睛，红肿不堪。

符天俊脸色苍白，看我，说："你想说什么，就说吧，也许这是最后一次了。"

"没太多想说的，反正……你也快走了。我们都清楚，生命中只有几个人是无论如何也割舍不掉的，大多数人，都注定是人生中的过客，分别时再怎么不舍，都抵抗不了时空冲淡一切的威力。"我站直身体，舒展酸疼的胳膊，"为什么不告诉她？你要回老家接管家里的生意了。"

我走进房间，轻车熟路地打开柜子，拿出洋酒和两个杯子，倒上，再走到床边，我坐在床沿，将杯子递给他，说："学我？换铁杯？"

"你说话很刻薄，可是……也很对。"符天俊喝下一小口酒，说，"谢谢你这么久以来，替我保密。"

"什么时候走？"

"还有半天。"

"注意安全，不送了。"我将酒一饮而尽，杯子放回桌上。

"我都要走了，那个杯子，就送你了。"符天俊吃力下床，说，"的确啊，时空能冲淡一切，可是，如果我们就这样放纵时空蹂躏我们的情感，会不会太懦弱了？如果我爱一个人，相隔太远，我会接她来，或者我去看她，即使再忙，我也会抽出时间，谁说人就必须输给时间和距离啊。"

我笑着，说："符天俊，这可不像你这个浪子会说出来的话。"

"你说飞蛾扑火时，感受到的也许不是痛苦，而是快感。我知道，你把我比作烈火，安婧比作飞蛾，我想说，你错了。"符天俊将手中的铁杯丢到地上，说，"飞蛾也像是玻璃杯，无比脆弱，可是，如果人生只因为几次被灼烧过，被摔裂过，就再也不敢尝试，这样的人生，再坚硬，都是无趣的。"

我望着地上的铁杯，摇摇头，说："最怕浪子回头和流氓有文化，你全占了。"

幸福没有捷径，只有经营

符天俊大笑，拎起早就打包好的行李，拍拍我的肩膀，走向客厅，他刚出房间门，便愣在了那里——

　　安婧没有离开，一直在客厅。

　　"纸里总包不了火，你这样的烈火，可是我这种纸将军包不住的，"我耸肩，"我知道，你想离开后，接管家里的生意稳定后，再去打败时空，给安婧一个答复。可是，抱歉啊，我没办法再看一个女孩子一次次被灼伤了。"

　　安婧红着眼睛，扑向了符天俊，我大笑，捡起房间的铁杯，识趣地关上了门，安婧扑向符天俊时，不再像飞蛾扑火般壮烈了，她是凤凰，浴火重生。

6

碎了的杯子拼起来还是会有裂缝

杯子掉落了地上，金属与木板碰撞的声音格外刺耳，我低头，看着满地狼藉，头晕目眩，才想起我已经三十六个小时没有入睡了。我的左手手指传来剧痛，我皱眉，看到咖啡溅在了伤口上。

我痛得冷汗直流，拿纱布擦拭伤口上的咖啡，小心翼翼地上消毒药水，我拾起钢制杯，放回桌上，打开房间的门，去厨房，拿拖把。客厅门开了，是喝得醉醺醺的TWO，他看见我，傻兮兮地笑，说："哟，没在外面鬼混啊，你的红颜知己们少了你这个树洞难道不会伤心吗，你还要给她们解忧啊。解忧花店，哈哈……"

我没有理TWO，不与傻瓜论短长，握着拖把，走入我的房间，将溅落在地板上的咖啡拖干净。

我的房间门传来"咚咚咚"的声响，TWO粗暴敲着它，吼着："说什么帮我识清真面目！到头来，你不还是和她合伙开店去了吗，你……"

"我已经退出了。"我站在门口，说，"TWO，你该醒酒了。"

门外不再有动静，我倚靠着门，凝视着桌上的杯子，心想：不会碎的东西，真好。

/ 1 /

半年前。

"晚上陪我去逛逛街吧。"

TWO收到这条微信，兴高采烈，给我看，手舞足蹈道："看，她给我发微信了！我说了Tina会来约我的吧！"

我低头，手指在屏幕上飞快点着，不理TWO。

"打赌输了吧，你别不说话啊。"TWO有些着急。

我举起手机，面无表情，给TWO看，说："下次女神给你发微信时，别激动，先回了再说。"

TWO看清我的屏幕，嘴巴变成了O形，脸色由白到红到青再到黑，真精彩。

屏幕上是Tina发给我的微信，一模一样——

"晚上陪我去逛逛街吧。"

TWO的英文名之所以是TWO，原因很简单，他太二了。

这种二是与生俱来的，起初我总觉得，TWO来历不浅，这年头看起来二的人往往精明得很，但很不幸，现实给我一记响亮的耳光，这货是……

真二啊！

TWO暗恋到明恋Tina时间已久，从大四到如今，掰掰手指算一算，也有两年多了。

Tina刚毕业，就来上海发展，TWO二话不说，放弃好不容易考上的公务员，毅然决然跑到上海，在被上海二房东坑了后，我与他成为合租室友。

我和TWO刚认识没多久，Tina便约TWO出去玩，不过Tina带了个闺密，TWO深知他没有hold住两个妹纸的能耐，硬是拉上了我。

我问："Tina漂亮吗？她闺密漂亮吗？"

"滚！你不能打Tina的主意！"

"不给看照片不去。"

TWO涨红了脸，左蹭蹭右磨磨，划开手机锁屏，点开Tina朋友圈，把Tina和她闺密的合影给我看。

Tina妆容精致，表情恰到好处，美图秀秀的水准也不错，从照片看是个脸蛋魅惑还不失清纯的女生，不过……

Tina的闺密在对比下……像猴子派来的逗比，妆化得鬼斧神工，还挤眉弄眼，五官扭曲。

好家伙，拍照发朋友圈只P自己不P闺密。

TWO小心翼翼地说："说好了啊，去可以，你不准向Tina要微信。"

我扫了眼TWO与Tina的聊天记录，都说女神有三宝，"干吗呵呵去洗澡"，这一块屏的聊天记录，"干吗"出现一次，"呵呵"出现三次，"去洗澡"出现一次。

心疼TWO。

他捧着手机，笑得脸皱成一团，好想提醒他，二货，该洗头了。

/ 2 /

和Tina的第一次见面惊为天人。

四人入座前，TWO紧张得不知如何是好，我一肘子给他，在他耳边低声道，"给妹子拉椅子。"

TWO连忙点点头，帮Tina和她闺密拉好椅子，请他们入座。

我看了一眼Tina，黑长直，长发飘飘尚未及腰，眉眼盈盈，高挑纤瘦，看上去楚楚可怜、清秀脱俗、人畜无害，她冲我友好一笑，我计算Tina的魅力值：不低。

饭桌上，吃得气氛微妙。

TWO开始炫耀起他的学霸经历，Tina耐心听着，从不打断，时不时说两句，"你好厉害，很棒啊！"

TWO受到鼓舞，眉飞色舞说得更起劲，从小学连续拿了十朵小红花开始说起，Tina依旧耐心在听，还会问，"那，然后呢？你真的太棒了。"

说你二还真二。我听不下去了，给TWO发去微信——

"聊她喜欢的，你这点事少说。"

TWO收到微信，恍然大悟，对Tina说："不好意思我好像一直在说我自己，你说说你呗，说下你的获奖记录吧！"

你以为你是来学术交流的啊，浑蛋！我内心咆哮道。

这顿饭吃得没意思透了。

饭局接近尾声，Tina看了我一眼，对TWO说："哎，TWO，你身边这位朋友话不多啊，介绍认识下呗，加个微信如何？"

我无奈耸肩，看了眼身边从红脸变青脸的TWO，只好接话道："哈哈哈，朋友妻不可欺。"

TWO抢在Tina前喊道："我和她不是那种关系！"

我仿佛听到餐厅有十三只乌鸦嘎嘎嘎叫嚷着飘过。

就这样，我加上了Tina的微信。

她的朋友圈很精彩，健身美食旅行奢侈品从来不缺，名车名包名表恰到好处地在自拍照里出现，行程是昨天大理，明天乌鲁木齐，时不时还来个日本三天游、欧洲七天游，在夜深人静时，她还会发一些文艺范的句子，配上一张自拍，说没化妆不好看。

TWO会给每个动态点赞加回复。

有时，Tina也会给我发微信，说："我最近心情不好，想聊一聊，你有空吗？"她有时也会约我出去玩，我担心被TWO误解，从没答应过。

终于，这一次，Tina同时给我和TWO发来了同样的微信，我想，是时候给TWO揭开真相了吧。

我当着TWO的面，和Tina约好了见面地点，告诉TWO，Tina和你想象得不一样，晚上你等着看就好。

TWO耷拉着脑袋，我开始刮胡子，准备赴约。

我和Tina约在一家名为"麦乌"的清吧，酒吧老板是画家，老板娘是时尚主编，都是有故事的人，我常来这儿喝酒，睡不着时，会约朋友来这里喝上几杯。TWO没有尾随过来，虽然凭他的智商未必能想通Tina所作所为的背后含义，但直面这次无情的打击后，我想他至少会消沉一段时间，去思索Tina对他的态度到底是什么。

我唯一担心的是：这二货会"想通了"，来一场"只要我爱她就好，只要她幸福就好，我不在乎回报"的恋爱。

我想说：你以为自己在拍偶像剧啊，只可惜你有颗偶像剧男主角作死的心，却没一张偶像剧男主角帅气的脸。

/ 4 /

Tina迟到了五分钟，她身穿露肩长裙，走进酒吧，四处张望，发现我时，露出欣喜度笑容，握着手包，笑盈盈走到我面前，坐下，歪了下脑袋，撩了撩头发，冲我浅笑，转悠着大眼睛。

我在心中默念：此女不是善物，此女不是善物，此女不是善物，重要的事说三遍，这个梗……好吧，有点老。我面对如此老练的对手，我此刻只想静静，别问我静静是谁，这个梗更老了。

我们点了半打三得利，两杯莫吉托，我暗想：千万别再继续点了，万一我喝多了酒后乱性兽性大发，估计明天我会上新闻头条，标题是——

《智障青年怒捅合租情敌十三刀使其当场死亡》。

你们千万别问我"智障青年"是谁，懂就好。

我们开始喝酒，一杯又一杯，她笑容轻佻，时不时暗示几句，也不介意适当的肢体接触。我尽量保持清醒，与Tina过招要全神贯注，因为稍有不慎就会沦陷。

酒喝得差不多了，暧昧的话也说得差不多了。忽然，她低下头，用手撩乱她的头发，手撑着脑袋，望着我，眼神迷离，说："有时候我真不懂你们男人。"

我心想：终于露出本面目了。我把酒杯推向她，说："有时我也真不懂你们女人。"

她抬头，看我，醉眼蒙眬，问："不懂？那我问你，你觉得我现在的炙热眼神，是真是假？我现在的受伤心情，是真是假？我现在的柔弱表情，是真是假？"

我大致能理解为什么那么多男人即便在看穿Tina后还前赴后继为她沦陷，她有着致命的魔力，会使飞蛾明知火焰会让它粉身碎骨也无怨无悔扑上前，飞蛾享受的，就是燃烧瞬间的快感。

"不说话，那我接着问你，你相信我现在我说的每句话吗，你觉得我现在是在对你说真心话，还是装可怜引你上钩，好让你成为下一个迷恋我又碰不到我的TWO？"她直勾勾地盯着我，我无法描述那种眼神，是热辣？是深情？还是朦胧？

幸福没有捷径，只有经营

好像都不是。

我竟答不上她的连连发问，心烦意乱，我举起酒杯，一饮而尽。Tina突然笑了，摆摆头，说："我知道你一直把我当一个婊子来看。"

我不语，也不看她。

"你知道吗，我刚来上海时，我和现在也差不多……不，还是有差别的。"她蜷缩着小指与无名指，用三只手指轻扣杯口，旋转着，冰块在酒杯里打转，我看出了神，见冰块在暧昧灯光下折射更为暧昧的光芒。

"我比以前更会化妆了，更会打扮了。我刚来上海时，是个懵懂无知的小姑娘，说话大气也不敢出，声音比现在还温柔，发型和现在一样是黑长直，我也和现在一样爱穿裙子，遇到难事也会撒撒娇找男孩子帮帮忙，"Tina说着说着，声音渐渐变低，"但……那时的我，从未像现在这样，不停单独约男生出来，暗示他们，吸引他们，又不给他们一个答复。"

我不再看Tina，我看台上的女歌手唱着苦情歌，像在唱Tina的故事。

"我知道，无论男人还是女人，都把柔弱爱撒娇的女人称为绿茶婊。可是，以前的我，没有得罪任何人，也没有招惹任何人，凭什么让我来承受这些莫须有的罪名？"她加重了语气，"直到有一天，我才知道，整个公司都在传我被上司睡了！可事实呢！事实是，我没有升职，也没有加薪，我每天都在加班，还被上司刁难！上司想占我便宜我当然知道，所以……我躲他躲得远远的！我明明什么都没有做错啊，凭什么让我遭受这些磨难！"

我有些理解Tina了，我听着她的故事，想起了很多人，生活总是这样子啊，受尽磨难还要遭受莫名的指责，我们无论活得多么光鲜艳丽，还是活得灰头土脑，都逃不开被误读的宿命。

有时候，我们与其活得真实，还不如戴一个精致美好的外壳，伪装成所有人都爱慕的样子。

Tina喝得有些多了，把酒杯不小心推搡到了地上，服务员连忙过来扫满地碎渣，老板冲服务员挥挥手，说："是熟人，一个杯子，不用赔的。"

我与Tina出了酒吧，我们坐在公园的木椅上，我说："我不喜欢会碎的东西，玻璃杯和心脏一样，坠落时，都会摔得粉碎，我们从不会想着复原，而是扫干净它，扫走的，可不是破碎的无用物那么简单。后来，我和你一样，不再用玻璃杯，换了钢制杯，连心也坚硬起来，虽然不那么美观，但好歹……不会碎了。"

那晚，我和Tina聊了很久，才发现有着惊人的相似的经

幸福没有捷径，只有经营

历，相见恨晚。几个月后，我们合伙开了家"解忧"花店，只要在这里买花的人，都可以得到一封回信，我们可以当她的树洞为她解忧，也可以听她讲述她的经历为她写一个故事。

/ 5 /

我开了门，TWO躺在地上，醉醺醺的，他直愣愣瞅着我，傻笑。我也笑，坐在他旁边，靠着墙壁，捡一罐他掉在地上未打开的啤酒，我拉开拉环，喝下一口，说："我和Tina很久没来往了，开了'解忧'花店没多久，我们认识了一个朋友，她虽然没有勾引那个男人，但还是用不恰当的方式破坏了他的家庭……我，选择退出了'解忧'花店。"

"到头来……还是一样啊。"TWO似笑非笑，似哭非哭。

"我和你讲个故事吧，TWO，"我喝着啤酒，说，"我大学时，认识两个人，女孩叫茉莉，像以前的Tina，男孩叫小哲，有些像你。小哲苦恋茉莉多年没结果，茉莉大学时还当了别人的小三，再后来啊，我前些天知道，茉莉遇上了对的人，嫁给了他，现在很幸福呢。"

"小哲呢？"

"曾经是个好男孩，后来在茉莉当小三还堕胎后，受了打击，成了混混。我前几天终于和小哲恢复了联系……他现在没那么混了，可过得也不太好。"

TWO开始不说话，听我讲述这段故事——

我在读大学时，逛图书馆时发现一本书叫《迷男方法》，浅浅翻几页，作者挑衅般写道，"如果你无法吸引女人，按照字典定义，你等于没有生殖能力！"

后来，我得知此方法还有个学名，名为"PUA"，我当时不明白什么意思，但还是觉得好厉害，不过，我果真是个没有学术精神的人，这本书最终还是没看完。

毕业前，小哲找我喝酒，微醺，略带哭腔道——

"这个年代的女孩们都怎么了，一个个都喜欢那些渣男，被他们伤得死去活来也不肯放手。为什么我对她那么好，她永远只会说，我很感动，但感动不是喜欢。"

他又咕隆隆喝下一杯啤酒，我虽对那句"感动不是喜欢"深表赞同，但怕这熊孩子真喝出啥事，违心地安慰他，说："对对她们没眼光。"

他反复念叨着为茉莉做过的种种傻事，一次次痛骂渣男的无耻行为，我送他上出租车前，好心劝道："追女孩不是感动她，而是吸引她。"

那是我和小哲最后一次见面，不到一个月后，我就毕业了。

绝大多数男生都经历过类似的阶段，为喜欢的女生做尽日后定会面红耳赤的蠢事，当时还觉得无比浪漫，实则极

幸福没有捷径，只有经营

为幼稚。想起在失败恋情中曾苦苦挣扎的自己，我不禁想苦笑，你说你为了她夜夜借酒消愁，日日自我摧残，可这种行为，完全就是自暴自弃。

小哲后来竟学了那不明觉厉的PUA，他在微信中告诉我，PUA达人教课时，眯眼，深吸一口烟，缓缓吐出，说："所谓泡妞，我有八字真理。忽悠忽悠，欲擒故纵。"

小哲如获珍宝，屁颠屁颠去问他最好的女性朋友，女孩淡淡道，"泡妞真理，我这只有七个字。"

他大惊失色，问："哪七个字。"

"够高，够帅，够有钱。"

小哲在微信里对我形容这是一场"幻灭"。

哪里来的幻灭，我不禁想苦笑，在毕业前几天，我又一次见到了茉莉，提及小哲时，茉莉叹息道——

"他啊，曾经真的是一个很好的人，如今不知跟什么人学坏了，说话都让人觉得很恶心。"

暖男变渣男，啧啧啧。我并不是一个毒舌的人，却很想痛斥我的小哲和茉莉。

我想痛斥小哲："你没钱没才没长相，天天贴在她身边，早安晚安从不落下，她饿了你送饭到她宿舍，她病了你连夜买药给她，她要逛街你就逃课随叫随到，你最后一无是处被人嫌弃，却还自以为我人好就行了，这个世界二十岁出头的男生有几个真的无恶不作啊，人好只是你的下限，你却没上限，到头来你连人家女孩想要什么都不知道还天天自我感动。"

我想痛斥茉莉："别人对你好时你嫌他烦他腻，有男朋友还不明确拒绝别人，若即若离，浪费他时间还美名曰不想伤害他。到头来，耗尽了他所有的精力和耐心，终于能够狠心离开你，开始去寻找其他方向，没错，他是变坏了，可这个时候再来怀念他以前的好，总希望他还能随叫随到不离不弃在你身边做个傻傻的备胎，希望时时刻刻有好几个人的陪伴。"

我始终相信，每一个用嬉皮笑脸面对人生的难的人，都曾有过在夜里痛哭流涕的经历。我在2012年和2013年两年的经历，悲多喜少，很多我执着相信的都破碎了，触目惊心。

2012年末和2013年末，我都体验了心哀至死的煎熬，虽不愿心存芥蒂，但的确覆水难收。对那两年，内心跌宕起伏后的感受，我一言以蔽之：感情就像消耗品，时间长了，便成了奢侈品。

对于我来说，没什么不可以原谅。只是，原谅像是我常用的玻璃杯，被你摔碎，你和我共同把它拼好。杯子虽然还可以用，但裂缝依旧布满全身。我很有心理洁癖，我也不觉得"失而复得"很值得欣喜，遗失的东西被还回来了我会有排斥感，会毫不留情地扔掉。

在我这里，原谅可以有很多次，但信任只有一次——

你浪费我了太久，所以我不再会去为你浪漫。你没有错，我只是对你很失望，而我偏偏就是那种不会把失望表现很明显的人。

有人说："你变了，我想念以前的你。"

可是我不想念啊。

浪费时间浪费感情的事做太多了，人也越来越倦怠，便对自己各番挑剔，立了一堆目标，成功让自己的强迫症干掉了拖延症。

终于——

不对任何人说秘密，得不到帮助，最终还满城皆知，被各种解读。怪只能怪自己心无城府，相信那"我不对别人说"。

不发任何的负面情绪，总会有太多的幸灾乐祸却说感同身受，内心里说："这傻帽怎么还没去死"，让人哭笑不得。

不再热心管他人的事，当"对人好"变成他人觉得的理所当然，以及诸多令人心寒的反馈，总会心中叹息：多可悲。

你看，真的，多可悲。

并没有觉得累，我总是爱说："感谢每一次苦难，它是最宝贵的财富。"

所谓的"不值得"全是缘由于自己过分相信"会有回报"而造成，而你，怨不得别人。

我绝情不起来，所以，我欣赏每一个绝情的人，快刀斩乱麻，没有一点后痛。如今，更是厌倦于没那么绝情也没那么重情的中间者——我前面说了，浪费时间和感情的事做多了，是真的会疲惫。

所以，曾经的暖男小哲开始慢慢变得有些渣男，这是一个蜕变的过程。

他先不再需要深夜打电话诉说，也不需要谁陪他彻夜长聊，他渐渐不再允许自己倾诉，因为他把它与脆弱无能画上了等线。等到时间长了，他习惯把手机丢到一旁，常把别人急得很久也找不到他，也不会随时随刻说走就走去赴约，因为他发现他还有很多没来得及做的事。

到最后，他发现再也爱不上任何人，他也很怀念当初傻傻只爱一个人的自己，他慢慢懂得如何跟女生相处，像个绅士般地对待女孩子，温柔又体贴，克制又冷静，正合时宜的玩笑和打趣，体贴入怀的关心和问候，恰到好处的调情和暗示，他的女人缘越来越好，可他永远没有一个固定的伴侣，因为他终于悲哀地知道：安全感这种东西，只有他自己能给。

最后，他当初爱过的那个女孩，叹息道：暖男变渣男。

幸福没有捷径，只有经营

我讲完了故事，再看TWO，他睡得真香。我笑，走进房间，拿起被子，盖在TWO的身上。

我多希望小哲能彻底告别以前的他，我看着TWO，心中自语：希望你也是，很傻很"二"的TWO，无论发生什么，又傻又"二"的你，才是最好的你，当你不再傻不再"二"，那些青涩时光，终究会一去不复返。

我在替TWO盖被子时，发现他的包里滚落出一个钢制杯，我拾起来，杯身写着长长一段话——

"有个人曾和我说，他不喜欢会碎的东西，因为玻璃杯和心脏一样，坠落时，都会摔得粉碎，我们从不会想着复原，而是扫干净它，扫走的，可不是破碎的无用物那么简单。后来的我，和他一样，不再用玻璃杯，换了钢制杯，连心也坚硬起来，虽然不那么美观，但好歹……不会碎了。碎了的杯子拼贴起来，终究还是会有裂缝，送你钢制杯，愿你坚强起来，我为我以前做错的事道歉，祝你幸福。

——解忧花店，Tina。"

我浅笑着，把杯子塞到TWO的手中，TWO双手紧握着杯子，在睡梦中，露出了笑容。

7

如果世界是
浑身是刺的模样

如果世界是浑身是刺的模样，我想我会选择穿上最硬的盔甲，再去拥抱它，不会逃避。

如果是小葵的话，我想她也许会恰到好处地、轻描淡写地让世界退去刺，再去拥抱它。

我们拥有同样对待生活的态度，试图温暖试图拥抱，但过程却完全不同，我想这是我羡慕她的地方。

印象中的小葵总丢三落四，出门似乎没有带脑子，一不小心就需要大家齐心协力帮她找东西，绝大多数人都不会觉得烦，因为，和她相处会觉得莫名的轻松。

只是，她好像总容易陷入爱情的"魔咒"。

/ 1 /

人活在自己妄想中的爱情最可悲。

我和小葵是同校的朋友，在一次旅途中相识。在年少无知时，总以为一场说走就走的旅行能让人淡忘诸多烦恼，其实，旅行只是一种逃避，如果内心没有根本的转变，它不会起丝毫作用，你只会在旅行结束后，再度回归不堪的生活时，更受折磨。

我在旅行的归途中与她相识，那年，她十八岁，我二十岁，都是会为虚无缥缈的爱情犯傻的年纪，之所以旅行，都是所谓的"失恋后的疗伤之旅"，她比我幸运，旅行结束后，她迎接了一份新的感情。

后来，我们越来越熟悉，成为无话不说的挚友，只是，我常听小葵和我倾诉——

"为什么他又消失了？明明说要约我出来啊。为什么他又不给我打电话了？他是不是在忙啊？"

我一直没忍心对小葵直说：你想多了啊。

有部电影里说，如果一个男人不打电话给你，不想约会你，不想和你结婚……不要为他找那么多借口，他的行为已经说出了他心里的话，就是我们逃避的一个事实，其实他没那么喜欢你。

如果他喜欢你，他会迫不及待地与你见面，他会随你的喜怒哀乐而变换心情，他会在意你的每个感受，他会时时刻刻让你感受到他的存在。

有时候，妄想真是会毁了一段段原本纯洁但其实没那么纯洁的感情。

别傻了，小葵，他没那么喜欢你。

小葵是个可爱呆萌文艺的女生，性格随和大方，谈吐有趣轻松，是生活中常被大家"欺负"可又很照顾的那种类型，在旅行结束后，她的这段恋情持续了两年半，直到大学毕业，这期间，分手至少有十次，每一次她都哭得很惨，她身边的朋友都劝她彻底断个干净，她也每次都很坚定地断绝，可那个男生每次送个礼物说几句好听的谎话，她又会和他复合。

别人问她为什么，她说："我觉得他很喜欢我啊，所以他才会来道歉啊。"

听起来挺匪夷所思的，于是她开始回忆，说："他之所以不断地复合，是因为舍不得，他每一次都会说得很认真，他是真的很喜欢我。"

她并不知道，有几次复合，竟是男生打赌输了，狐朋狗友的恶作剧结果。

什么海誓山盟啊，什么花前月下啊，别傻了，他没那么喜欢你。

我见她陷入了"魔咒",也无能为力。同病相怜的是,那段岁月,我也陷入爱情的"魔咒",为一段不可能的恋情自我折磨,她也提醒过我,可我仍执迷不悟。

我们都容易做到"旁观者清"啊!好在,我们作为朋友,从不会拿"友谊"去干涉对方的事情,做到不离不弃的陪伴和安慰,便是最好的友谊。

/ 2 /

那两年的生活,我似乎总逃不过一些"魔咒",每次选择和谁亲密些就一定会被刺伤,每次选择去信任谁就一定会成为笑柄,每一次融入某个圈子最终一定会支离破碎。

我在20岁生日和21岁生日我都经历了近乎可笑与荒诞的挫折与打击,被最信任的人隐瞒和欺骗,遭到最依赖的朋友圈排挤,我曾一度不敢再去信任谁,也不敢再去融入什么圈子。那段时间,我对生活与世界的态度是逃避、是回绝、是给自己也披上一身刺,谁也不准靠近。

22岁生日时,那几个月,我们俩都没日没夜泡在图书馆里装学霸,灰头土脑的。早晨,我闯进图书馆,到我们看书的老位置,丢下包,匆匆忙忙说:"我先去上课。"赶上

　　　　　　　　幸 福 没 有 捷 径 , 只 有 经 营

毕业季，事情总是超出人预料地繁杂，上完课后又处理了些琐事，在我赶回图书馆时，已近黄昏，我到座位前，还未坐稳，小葵拿出一大袋零食，说："生日快乐。"

这是小葵的风格。

我是一个很奇怪的人，我常常声称我不需要任何理解，不需要所谓的关心，但其实一直以来，总期待着他人的理解和我需要的关心，遗憾一直遇不上，所以才故作姿态。看到那堆略显傻气的零食时，那瞬间，我承认心里一直掩藏的某个柔软的角落被触动。

那段时间，我太厌倦这个世界的道德绑架了。无数人拿着关心的架势去无休止地指责，让我疲惫不堪。

在我想独处时，总有人说"你这样太压抑了"，却并不知其实我很开心；在我想努力时，总有人说"你不陪我玩闹太不关心我"，却不知我内心深处最迫切想要实现的梦想；在我想要安慰时，总有人说"都是你的错"或者"说出来就好了吗"，却不知我只是希望想要有个人陪我几分钟就好，哪怕不说话。

好在，那段不堪回首的时光里，还认识小葵啊。

或许是小葵天生以来便待人如此，只是，恰好在我需要的范畴里，所以我总是能在她面前肆无忌惮地展示真实的情绪，无论是激进的还是消极的。

我向来不愿意把苦恼和烦忧说给别人听，不愿意把负面情绪传染给别人，总相信我一个人便能应付，但在我快支撑不下去时，我总会突然找到小葵，说一句"最近好累"或者"心情不太好"。

她也总会陪我聊聊。

有趣的是，每次聊天的内容都会从我的倾诉变成她的诉苦，我们都有着不愿意展露给其他人看的痛楚，幸运在于，我们都是懂得倾听的人。

倾诉？这不太像平日里的我啊。

我早已习惯把脆弱的一面藏起来，明明难过得要死了却总来一句"没事啊"，然后嘻嘻哈哈地和每一个人闹、每一个人笑，因为我希望别人看到的我永远是积极乐观的，把温暖传递给身边的人。

或许，小葵是一棵"向日葵"吧，我潜意识里相信小葵比我更加阳光温暖，所以我才愿意对她说那些我平时不轻易展露的一面。

但我也知道，小葵是个外表阳光内心脆弱的女孩，她也常藏一堆心事不爱和别人说。

印象最深的一次，也是在图书馆里，在考研复习压力最大时，小葵说去打个电话，很久都没有回来，我隐约觉得有些不对劲。

　　　　　　　　　幸 福 没 有 捷 径 ， 只 有 经 营

到快闭馆时，我发微信过去，催她回来。

她终于来了，在整理书时，我还吐槽她说："又去偷懒了？"她笑着说："没有啊。"或许我天性敏感，总能察觉到别人情绪里不易察觉的异样，我知道，她是给他打电话了，在考研期间，她瞒着所有人，复合了，又分手了。

我问："你怎么了？"

她说："没事啊。"

那时，我们正抱着书，在下楼梯，我侧过头，看小葵，才发现她的双眼已经通红。

我自然知道又发生了什么，我的猜测是正确的。

我隐约替小葵感到不值，也知道她可能是害怕再被太多人嘲笑，才隐瞒着大家。我很想安慰她，看着她无法控制的泪水，却又给不出一点儿安慰。

我是个擅长安慰人的人，却不擅长安慰亲近的朋友，那时，我有些手足无措，也很懊恼。

真遗憾啊，我也做不到在别人需要安慰时，给出恰到好处的安慰，仔细想来，才发现我曾经以为我微不足道的需求其实近乎奢侈。

很幸运的是，她常能给我这种看起来平常但很奢侈的关心与安慰。

我在别人面前提起小葵时，这样形容：她是个太好的人，好到常委屈自己，好到有时候都想说她太傻太蠢，可是，又有什么办法，每个人都必须尊重对方的选择。

/ 3 /

我回想起很多画面。

大二时，我过得很糟糕，在一个人旅行时的归途中认识了她，最开始每天的聊天内容都是音乐、书籍和电影，哪像现在全是八卦和吐槽，甚至是一些限制级话题。

大三时，我们都不知晓时间原来那么有限，几乎一周一次去酒吧的节奏天天瞎混，精力旺盛，一次又一次喝到通宵，喝得烂醉，再互相抱头痛哭。

大四时，我们又一块儿决心成为更好的自己，顶着一头乱发不修边幅地在图书馆里啃书。我们在图书馆有个相约的老位置，每天十几个小时在那里背书做题。

考研前一天，我们在那张桌子前合影留念，真值得纪念啊。

我们认识的三年中，奇葩和搞笑的事情数不胜数。

例如，我陪小葵去买笔，小葵迷糊到把店员的手机带到了图书馆，店员打电话过来，手机在图书馆响了时，她大惊：谁把手机丢在我们位置上了。

幸福没有捷径，只有经营

例如，小葵刚把钱包落出租车上，好不容易找回来又发现书丢了，我们又开启了找书的旅程，直到图书馆管理员捡到书还给她，她开始花痴起来：管理员好帅。

例如，毕业后，小葵来上海找我玩，我们先是一起丢了参观券，又不小心错过了餐厅预约时间，分别时她新买的衣服丢我这里，我们又灰溜溜返程见面再次分别。

这些囧事丢到其他人身上，或许会变成埋怨，在我们这里，却都能变成欢笑。

虽然我常吐槽说"时光是把杀猪刀"，才两三年，小葵就沧桑得不能见人了，以前和她出去感觉带了个萌妹子，现在和她共同出现我要假装不认识她。

事实上，小葵是我最愿意介绍给我其他朋友认识的人，到最后，我发现几乎我大学最要好的几个人都认识了小葵。

我们的聊天内容也远不如初识时那么文艺与高深，小葵最常和我说："那个是我男神，太帅了。"我最常和她说："那个女生好可爱，帮我去要联系方式。"

/ 4 /

小葵值得拥有更好的爱情，毕业后，她终于分了手。

其实每一个在爱里受伤害的人都明白，旁观者清当局者迷，并不是不知道他没那么喜欢你，只是，宁愿给自己编织一个美丽的谎言，活在想象中，甜蜜地自虐，最终在妄想中不断忘了这只是妄想，以为谎言说了一千遍就会成真，殊不知，谎言说了一千遍，依旧是谎言。

他没那么喜欢你，只是，他还不够狠，可惜的是，一个人若不够狠，爱淡了不离不弃多残忍！

小葵的爱情故事，哪里会那么容易结束，她不知道，有个男生是喜欢她的。

那个男生始终默默站在她身后，看她哭，又只能给上无用的安慰，在爱情的伤害中，安慰可能是另一种伤害。渣男最讨厌那个女生缠着他哭，他会烦，会头疼，会无法理解，理性动物和感性动物的思维世界完全不一样。

喜欢小葵的男生沉默了，他说："我不讨厌她哭啊，我心疼。"

小葵也许永远不知道，她的眼泪，往往只会对让眼泪所施使的那个男人感到厌烦，而远远看她哭、近近看她笑的人，多么希望可以有一天，在她哭时，抱住她，说："你的眼泪我照单全收。"

小葵还是遇上了对的人，读研之后，她开启了新恋情，两人的感情很好。

世界上总会有一个人爱你爱到不顾自己，甚至愿意舍弃自己的生命。很多人都没有耐心等，或者对那个真正爱自己的人视而不见，终于匆忙地结婚生子，遇人不淑时流泪感叹：爱我的那个人究竟在哪，他是迷路了吗？

爱你的那个人肯定在，你要等，你要擦亮眼睛，总有一天，在茫茫人海中，会有人蓦然回首，恰好与你四目相对，他会莞尔一笑，穿越人群，走向你，带你走上幸福的旅程。

我早就知道，小葵这么好的女生，终会遇上那个对她说"你的眼泪我照单全收"的人。

/ 5 /

我很庆幸，能在大学时光里有这么一段友情，并且继续到现在。

我想最好的友谊就是如此吧，最糟糕的时期相识，最茫然的时候一起放肆，最认真的时光一起奋斗，一起共享过青春末期所有的失落、放纵和坚持、努力。

我们在看到对方狼狈、负面、失落的一面后，反而没有疏远，而是第一时间想给予安慰，在退去所有伪装和光鲜后，还能如此实属不易。

我太高兴会有人很理解我的选择，我执着的一切，我想实现的所有，而小葵，不仅理解，也尊重且支持，我想，能有这样的一份友谊，是我太过幸运的一件事。

8

我想，我想你了

幸　福　没　有　捷　径　，　只　有　经　营

想一个人想到极致会怎样？

想念一个人到极致，是如城池失守般一败涂地，是像丢盔弃甲般狼狈不堪。

无法准确描述，"想念"是用来形容"想念"的最好形容词，我万分没有想到，我会在形容某种情绪时词穷到匮乏。

想念是怎样的一种东西？

会在深夜里面对键盘与屏幕虚构一个浪漫的故事时，握着咖啡杯，递到唇边，发现咖啡已喝完，将杯子轻轻放下，杯底与桌面相触那刹那的轻响，我会想起曾为我买好咖啡放到图书馆我的老位置的那个人。

会在看电影时，每一帧唯美的画面、每一句煽情的台词、每一个有趣的情节，都联想起曾经一起去过的地方、一起说过的话、做过的事，会想你是不是也在看这部电影，会想你看这部电影时会不会想起我。

会在街头听见你喜欢的歌手的歌而驻足，会在电视前看到你喜欢的演员而停止换台，会在吃饭时潜意识地为自己点你爱吃的菜，会在散步时想你是不是也曾走过这条街，是不是和我看到相同的风景，无论在哪、在何时，会因任何事联想到你。

想念就是这样的东西啊，无法用理性去克制，无法用忙碌去压制，想念一个人到极致便会这样，在极度忙碌时也会有一张面庞不断浮现，在极度疲惫时总会幻听温柔的声音在耳边环绕。

想念是洪水猛兽，想念会攻城掠地，任何抵抗都会在摧枯拉朽的攻势下彻底崩盘。

我写下这么多词句来形容想念，却最终猛然觉醒，我只是在描述"从前的想念"有多浓烈，我不否认我如今有些想念，却相比从前的浓烈而显得冷淡。

我想，我没那么想念你。

城墙最终立起，抵挡住大军，坚硬卷土重来，重建新天地。

我终于发现，我并不想你，我只是想念当初没那么多

幸福没有捷径，只有经营

负担的自己，可以爱一个人爱到那么纯粹，因年少轻狂而敢爱敢恨到"惊天动地"，因未谙世事而专注爱谁便"难以承担"，这些年过去后，见的人多了，经的事也多了，再想起那些纯粹时反而会羞愧了脸。

我终于学会怎么保护自己，甚至自我保护过头，也终于学会不把精力全部投入"爱"这件事上，比起"爱"，我们终究有更为重要的事去做，如事业，如梦想，如金钱，如柴米油盐，我们称之为这是"爱一个人"的"责任"，却不敢承认没有勇气再百分之百地去爱。

有时我会想起很久以前，喜欢一个人只敢远远看她，上前说一句话也要攥紧拳头、汗珠浸在额头上才敢上前，却因她一个微笑，所有词汇灰飞烟灭，连句"早上好"都说不好，吞吞吐吐几句对话后，灰溜溜躲开。

我更会想起啊，想念一个人时的孤单感，会在夜深人静时，想她睡了没，如果没睡现在在做什么，是看书还是在玩游戏，还是在外玩乐嬉笑，会在好久不见时，想她最近去哪玩过、看过什么电影，想她会为什么而笑、会为什么而哭，想到整个心脏都空荡荡的。

这是最悲哀的啊，想念到辗转反侧、夜不能寐、左顾右盼、前思后虑的时光终于被碾碎成砂砾，最后彻底消失。

我终于不会再那么爱一个人，如果遇上也会害怕，如果爱是一杯烈酒，那我不敢再将这杯浓烈的酒彻底饮下，会配上软饮，精心调配，稀释后的酒口感或许会更让双方都易接受些，但永远不是百分之百的纯度，这杯酒终究是稀释过的，无论多么可口。

我也终于不会再去那么想念一个人，我会精打细算自己的时间，把想做的事爱做的事该做的事用表格一一标好，一件件完成，人总归不能把想念放在头等位置，不知不觉中想念终于变为次要的事，想念像一场重感冒，我不能任由它恶劣下去，我终归要治好自己。

可是，我想，我的确有些想你了。

我想，我想你了。我穷极词汇去证明我没那么想念你，只是无可奈何的嘴硬，想念一个人到极致，才会如此故作姿态，说我并不想念。

　　　　　幸福没有捷径，只有经营

9

迟迟未到的你

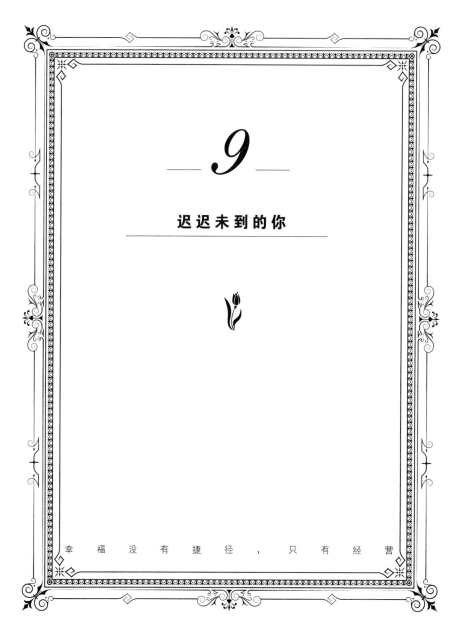

幸 福 没 有 捷 径 ， 只 有 经 营

/ 1 /

夏日，一个人的房间，不一定是万籁俱寂的。

空调声，心跳声，耳鸣声，窗外时不时传来的车鸣声，交织作响，使人分不清梦境与现实。Link时常在睡梦中心悸，身体战栗，猛然睁眼看见的还是天花板或者墙壁，他深呼吸，放下心来，梦里的终究是梦里的，不是现实。

看手机，凌晨三点半。

Link口干舌燥，掀开被子，耳朵里充斥着只有他听得见的尖叫，他揉眼、摇头，走向空调，调高温度两度，手伸向茶几的半瓶矿泉水，大口大口灌溉到体内。

回到床上，翻了翻微博，私信里有条消息——

　　　　　幸福没有捷径，只有经营

"你好，我是关注你很久的读者，谢谢你半年前回关了我。可不可以冒昧提一个要求？"

Link记得这个女生，她常看他的文章，在凌晨时点赞。

"嗯，你说。"Link回复。

"你可不可以假装成我的男朋友。我们先加微信，慢慢发一些类似秀恩爱的信息，你可以设置分组不让你朋友知道的。因为我想让人觉得我有一个异地恋的男朋友。如果你不愿意，也请和我说一声，毕竟很冒昧，不过……还是希望可以。"

Link在收到回复前，还开了个脑洞，心想会不会是女粉丝深情表白，收到信息后，他吃了一惊，确定自己没有做梦。

他放下手机，不想理会，这么荒唐的事情，怎么可能答应。

睡意已然全无，十分钟后，Link解除手机勿扰模式，再次起床，手机又响了，Link皱皱眉，心想要不要拉黑，他拿起手机，信息里只有四个字——

"不好意思……"

并不是Link预想中的继续纠缠。

Link望着那一串省略号，陷入沉思。不知为何，他好像能感受到冰冷屏幕那头那个女孩此刻的绝望和深入骨髓的孤独与无助。

"你先加我微信吧。"Link输入自己的微信号，发送。

人生是这样的东西——

在你极度渴望得到什么时，它总是像雾像风又像雨，捉摸不定，忽隐忽现，如海市蜃楼般近在眼前，仿佛天上的星辰闪烁，伸手即可触及，但，怎么也靠近不了，怎么也触及不了。忽然有一天，上帝把它给你了，你感动不已，正准备感谢上帝时，上帝说："不好意思寄错东西了，最近快递行业真不给力！"

上帝总是糊里糊涂的店主，寄错地址还把责任怪罪到快递中心上。

Link是个不知名的作者，在好几个写作社交网络平台活跃着，各平台都有着几千粉丝，时不时有人给他发私信表示对他才华的欣赏，偶尔，还会有网红和他互粉，他挺享受这种光环。

粉丝们并不知道，他月薪只有三千，收入一半贡献给了房租，正式发表的作品是零，没赚过一分钱稿费。

他是个善良的人，是个努力的人，唯独，没有天赋。Link加了女孩微信，陪她发了几次秀恩爱的状态，Link自然将状态设置仅女孩可见，他还不想被身边的人误解，他只是想单纯帮帮他。

Link是很少回关粉丝的，之所以关注这个女孩，是因为她长得像他大学时暗恋很久最终没敢表白的同学。

女孩自称迟迟，比Link小四岁，外貌与家境都不错，在

幸福没有捷径，只有经营

国外读书，被身边人孤立，又不愿被讨厌的追求者所骚扰，无奈之下，给Link发去了私信。

快暑假了，迟迟说要给Link寄一份礼物表示谢意，Link没有多想，给了地址与号码。

十天后的傍晚，Link家门铃响了，他拉开门，眼前是打扮时髦的少女，他问："你是？找谁？"

"我是迟迟。"女孩歪了下脑袋，笑道。

很多人说，戏剧来源于生活，又高于生活。其实不是的，看的戏多了，我们能摸得清套路，猜得出起承转合，猜得出对白情节，而生活就是这样一种东西，你永远不知道下一秒会发生什么。

/ 2 /

十分钟后。

"无论如何，你不能住我这。"Link义正词严。

"我已经和我爸妈说了，暑假去夏令营，不回家了，我现在无家可归。"

"你要有危机意识，孤男寡女住在一起是一件很危险的事情，你不害怕我是坏人？"

"你如果敢对我做什么，我可以告你强奸幼女，我还有四个月才十八岁。"

"请你出门右转，抱歉不送。"

迟迟坐在沙发上，动都不动一下，Link硬着头皮，朝迟迟走去，抓住她的胳膊，想强行送客。

"非！礼！啊！"

"别乱叫！"Link大惊，松开手，同时捂住迟迟的嘴巴。

半小时后。

Link一脸黑线扛着一床被子回来，打好地铺，说："暑假后，乖乖回家，你睡床，我睡地。"

迟迟扬扬得意，趴在床上，打量着Link的房间，用劣质石灰粉刷的墙壁，地面没有地板，是水泥地，房间里的木制家具都很破旧，看起来像用了十几年，表面似乎都沾了一层油腻。

Link住在上海嘉定区的一栋破旧老公房里，他有神经衰弱，没办法与人合租，又住不起市中心。Link注意到迟迟在打量他的房间，低下头，手指抓着裤口袋。

Link翻过迟迟的微博，充斥着名牌、名车和名表，他也能一眼看得出来，迟迟穿的衣服，都价格不菲。

迟迟的目光渐渐转移到屋角，堆叠着碎纸片，她站起身，朝屋角走去，蹲下来，捡起了几片，试图拼凑起来。

"别看了。"Link说，"我不想让你住我这里，还有一个原因。我很穷，也没你想象中的那样有才华，一篇作品也没发表过。网络上的那点儿人气，是虚拟世界给我带来的宽慰，你的出现，破碎了最后的光环。很抱歉，我没你想象得那么好，我也是个虚荣的人。"

迟迟一片片拾起碎片，抱着，走到沙发前，打开书包，将碎纸片小心翼翼放进侧袋，她从书包里取出个袋子，递给Link。Link接过，袋子里装的是支离破碎的洋娃娃。

"我们都是虚荣的人，我……很自卑。我成绩很差，家里人花很多钱把我送到国外，是社区学院，回来也得不到国内的学历认可。在那里，大家都有钱，我很普通，我性情也差，总是被排挤，没有朋友，追我的男生估计也都是想和我上床。"迟迟仰头看着Link，"我想制造一种假象，国内有个很爱我很爱我很厉害的男朋友，所以，我会找你，然后发状态，让那些排挤我的女生们忌妒。我比起你来，更虚荣呢。看到那个洋娃娃了吗……那是我出国前奶奶送给我的，我放在包里，随身背着。我出国几个月后，她就去世了，洋娃娃之所以变成这样，是那些女孩子趁我不注意时，从包里偷出来肢解了，丢在学校后院里。我一个人哭着把支离破碎的它捡回来，又不敢和她们打架，我一个人打不过她们啊，而且……打架的后果是我被开除。我的学校已经让我父母脸上无光了，我又怎么敢被开除呢！"

Link望着迟迟那张精致的脸，第一次觉得，屋里有其他人的声音也没那么吵。

我们都容易觉得生活不公平，羡慕别人从出生起便比自己拥有很多，只是，我们也看不到看似富有的人所缺失的东西。

其实，生活是最公平的顽童上帝，它给你了什么，必然会让你缺少什么，你得到了一份美好，就会失去另一份美好。

/ 3 /

我坐在Link面前，听他讲完他与迟迟相识的过程，翻了个白眼，说："所以……你就这样和一个不知底细的未成年少女同居了一个半月？"

"嗯……"

"你们是男女朋友？没看出来，老牛吃嫩草。"

"我们不是男女朋友。再说了，我也不老，才二十二岁，如果我是老牛，你比我大两岁，岂不是老不死的牛吗？"

"你应该去当段子手，说不定你早红了。"我认真建议道。

我与Link相识在一场作者交流会，Link听说我发表过不少文章，开过几个报纸专栏，便主动与我打招呼，一来二去，也就成了朋友。我给圈子里的朋友看过Link写的文章，所有人都摇了摇头，评价"看得出很努力，可惜没天赋"。

幸福没有捷径，只有经营

相识一年了，圈子里的朋友一个接一个出书，人气与收入水涨船高，唯独Link，还在原地打转。我喜欢他的性格，始终和他保持联系，我有时也想劝Link放弃，虽然我常说人一定要做自己喜欢的事才会成功，但其实我们都清楚，喜欢真不代表擅长。

"简浅……你有遇到过类似情况吗？"

"嗯，很多。"我说。

"你都是怎么处理的？"

"我不会暴露个人信息。"我看着Link的眼睛，说，"别真以为自己有很多粉丝，他们是'follows'，而不是'fans'，只是觉得你写的东西和他们观点一致，顺手点了个关注。如果有一天，你发表了和他们不一样的观点，他们便会纷纷失望，一个个离开，甚至大骂。也许会有不少死忠粉，可是……处理得不好，结局是万劫不复。Link，你好自为之，别伤害了那个女孩，更别伤害了自己。"

咖啡厅里人多了起来，Link有些不自在了，他不喜欢人多的地方。他听我说完，低头，不语。

"他不会伤害我。"

我和Link都呆住了，抬起头，迟迟竟然站在我们桌边。Link瞠目结舌，说不出一句话，我上下打量了一眼迟迟，是个很漂亮很时尚的小女孩，我示意Link挪下位置，让迟迟坐下。

"你一直偷偷跟着Link，并且，刚刚在后桌偷听我们说话？"

"你用了三个'偷'字，我很不喜欢，"迟迟直视我的眼睛，毫不退让，"首先，我是正大光明跟在Link后面走进来，他没注意到我，其次，我坐在你们后桌，你们又没有低声细语说话，我自然可以听见你们在说什么，我问你，你能不能听见后桌人说话？"

我一愣，还真能听得见，我苦笑，看了一眼迟迟，又看了一眼Link，说："挺厉害的啊，小姑娘。"

Link抓抓头发，尴尬地笑笑，迟迟从包中掏出装订好的一沓纸，放在桌上，Link一看，涨红了脸。我远远瞥了一眼，是碎纸片拼贴起来的，令我诧异的是，拼贴得很完整，没有缺失一张碎纸片。

我知道Link常将写好的文章打印下来，不满意的撕成碎片，扔在屋里的角落。我能想象出来这样的画面：在Link白天上班时，迟迟坐在床上，耐心地分辨着纸片，往一张张白纸上贴，时不时用餐巾纸擦去不小心粘在手上的胶水，为了给Link省些电，她不开空调，热得大汗淋漓。

"你……"

Link刚开口，就被迟迟用右手捂住了嘴巴，迟迟左手伸

　　　　　　　幸 福 没 有 捷 径， 只 有 经 营

入书包，掏出一本书，放到桌面，我看封面，标题是Link的一篇文章。

"我把你发在网上所有的文章收集汇总起来，爸妈给我的钱不够我买书号，所以我自己设计了封面封底，排版了整本书，找印刷商印了五百本。"迟迟凝视Link的眼睛，目不转睛，"还记得我一个半月前和你说过吗，我要送你一份礼物。"

我观察迟迟的眼神，炙热得会让人心动，我察觉到Link在颤抖。迟迟松开手，将装订册和书放回书包，猛然抓住Link的手，往外拉，边走边说："我爸的朋友在这儿有个商场，我花了好大力气，说服他今天在他那里办一场签售会，签售你的书。快走，你所有的梦想，我都想陪着你一起实现。"

Link踉踉跄跄，被迟迟拖出了咖啡店，迟迟叫了辆出租车，两人匆匆离去。我匆忙结了账，追出去，拦了辆车，急忙跟着他们。

我下车，走进商场，见Link坐在签售桌前，迟迟站在台上，拿着麦克风，甜甜说道："今天，是一名新晋作家的签售会，他叫Link。他是我见过最温柔、最善良、最努力的作家。我知道大家也许不认识他，但是，请相信我，他的文字，会让人感到温暖、感到宽慰。人生中有太多太多不如意的事情，我们需要这样的温暖，而Link，也需要这样的温暖！"

人群朝签售台聚集过来，Link紧张得满头汗水，迟迟放下麦克风，替Link擦汗，Link的脸红得像傍晚的夕阳。我笑着，走出了商场。

那个下午，只卖出了四十八本书。

/ 4 /

还有一星期，迟迟就要离开上海了，回到美国读书。

空气中弥漫着离别的味道，让人不好受。很多事情，我都是在迟迟回美国后才知道的。

又是一个炎热的下午，迟迟打扫着屋子，Link坐在电脑前，敲打着键盘，两人很久很久都没有说话。

"我辞职了。"Link还是打破了沉默。

迟迟顿住了，站直了身体，问："为什么？"

"我不可以再这样没出息下去，我想花些时间沉淀，找一份更适合我的工作，写一本真正的书。"Link不再敲打键盘，绕过迟迟，走向柜子，迟迟的眼睛一直停留在他身上，Link打开柜子，背对着她，说，"并且，只有一星期了，至少……让我完整陪你七天。"

幸福没有捷径，只有经营

时间仿佛凝固了，迟迟从未想过木讷的Link会说出如此深情的话，Link从柜子里取出一个袋子，转身，朝迟迟走去，递给她。

　　迟迟的手颤抖着，接过，打开袋子，泪水汹涌而出，她捂住嘴巴，无声地哭泣。Link拿回袋子，小心翼翼地将袋子里的东西取出，是修复后的洋娃娃，根本看不出曾支离破碎。

　　"我从来没有告诉过你，我有很严重的神经衰弱，所以我不能和别人合居，有一些声音我都会被惊醒，甚至心悸。我也没告诉过你，我也有很严重的人群恐惧症，那天签售会，我险些怕得晕过去。"

　　"傻瓜，你为什么不和……"

　　"你先听我说完。"Link打断迟迟，把洋娃娃递到迟迟手中，迟迟抱着它，哭出了声，Link说，"我从未想过我能克服这些心理障碍。签售会后，我发现……我不再害怕人群了。我也从未想过，我会允许有个人如此走进我的生活，一点点改变我，把我从深渊中解救出来。我想……我很想……给那个解决我的人好的生活，所以，我也需要改变啊。我不想再当那个虚荣又自卑的我了，你也不会再是那个虚荣又自卑的你了。"

　　"傻瓜……我……我遇上你之后，早就不是了。"迟迟哭着，将洋娃娃放到茶几上后，转过身，紧紧抱住Link，Link紧张道，"我……我怕被告骚扰未成年少女。"

"说你傻瓜……你真的是傻，傻瓜……"迟迟破涕而笑，"我才不是没有安全意识的小女孩，第一次见面时我谎报了年龄来吓唬你，我今年是二十岁不是十八岁啊，傻瓜！"

人生总会有什么变得支离破碎，像写满文字的纸变成碎片，像光鲜亮丽的洋娃娃被拆解，总会有个人，将它们一点一点儿恢复如初。心也一样，常被生活击打成碎片，在寒风将碎片吹走前，我们会遇见那个人，将那颗心变得完整。

Link请了圈子里的几个朋友，在离别前给迟迟办了场欢送会，迟迟笑他傻，说又不是不回来了，Link抓着脑袋笑。

我们也在笑，Link从来不会参加聚会，他害怕人群的事我们都知道。Link站起身来，为我们讲述了完整的故事，我们第一次发现，Link是才华横溢的。

"当我看到我撕碎的文章被人拼凑回来时，当我知道我写的故事被人结集成书时，当我发现我不再抗拒人群时，当我开始恢复爱的能力时，我总会在想，两个月前的凌晨，我选择了回复消息是多么正确的一件事。"

迟迟抬着头，痴痴看着Link笑。

"那天凌晨，起初，我不想再回复了，十分钟后，我看见对话框里那句'不好意思'，和后面的省略号。那一刻，不知为何，我能感同身受那种绝望、无助和痛苦，我想……我需要救赎这个女孩。"Link低下头，也痴痴看迟迟，他弯下腰，从包里掏出一本书，"我从未料到，是这个女孩，救赎了我。我换了新的工作，我也……出了第一本书，书名是《迟迟未到的你》，我爱你，迟迟。"

欢呼声淹没了迟迟的哭声与笑声，她捧着书，一页页翻阅，书里记录着她的点点滴滴，迟迟未到的幸福，还是来了啊！

那个虚荣又自卑的男孩不再虚荣不再自卑，那个害怕人群的男人如今能当众表白了，那个穷困潦倒的失败者找到了一份体面的工作，那个不被看好的作者出版了一本真正的书，那个迟迟找不到幸福的人此刻终于与心爱的人相拥……所有失去的，都会再拥有，一切残缺的，都会变完整。

看这对幸福的人儿，我也幸福笑着。

如果，现在的你感到痛苦不堪，感到迷惘无助，找不到人生的方向，身边没有人陪伴，别担心，幸福只是迟到了，它会来的，在它来之前，你只需微笑面对生活，总有一天，迟迟未到的他，会站到你的面前，与你相拥。

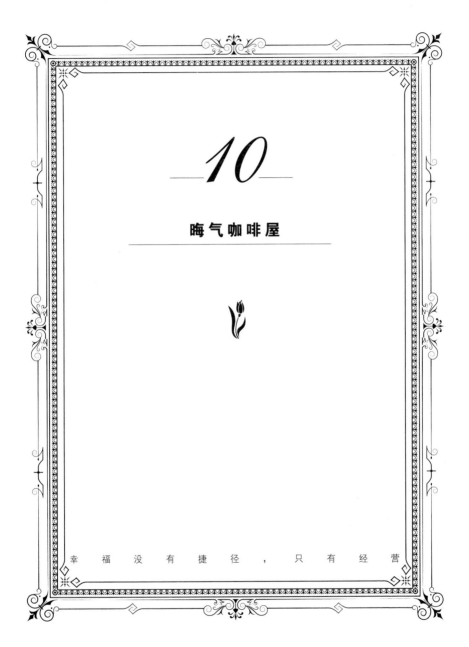

10

晦气咖啡屋

幸 福 没 有 捷 径 ， 只 有 经 营

/ 1 /

人的生活都是悲喜交加的，没有人会是不断的悲惨，也没有人会是永远的喜悦，我始终这么认为。

直到我遇上一个叫TWO的家伙，他的人生简直就是一个大写的悲剧，在旁人看来，则是可以笑破肚皮的无厘头喜剧。我很认真地思考TWO为什么会有如此奇妙的气场，以至于他都能影响我的文风，他的出场，硬生生将文艺风变成了卖萌风，还是蠢萌。

TWO是我的合租室友，痴情苦恋的代表，自带喜欢谁就追不上谁的体质。几经打击之后，除了上班，TWO便永远宅在家里，我怕他在家闷发了霉，决定出门"溜溜"他，不对，带他出门吹吹风。

周末，我带他来我朋友严默开的"简厅咖啡屋"，TWO也难得喊上了他为数不多的女性朋友——他的大学学妹刘莲。我未曾料到，仅仅是出门和他喝一杯咖啡，TWO也能给我唱一出好戏——

我们遇见了TWO始终追不上的Tina，她也是我前创业合伙人，她正挽着一名男士，站在点餐台和严默寒暄，摆明了故意让我们看到。

我和TWO大眼瞪小眼，TWO说："你不是和我说……Tina的所作所为加快了简厅老板的离婚进度吗？为何他们还能谈笑风生！"

"她虽然做法极端了，但也算是快刀斩乱麻，功德一件！"

"你上次可没这么说！"

TWO满头冒汗，佯装镇定，不断看手表，等待刘莲立马来救场，突然，TWO手机响了，是刘莲，TWO手忙脚乱地接电话，偷瞄Tina，压低声音："你为什么还没有到？"

电话那头，传来刘莲的爽朗大笑声，我都能听清她的声音，刘莲说她睡过头，要我们再等她半个小时，还没等TWO说话，她就挂了电话。我不禁翻了个白眼："二货"的身边都是"二货"啊！

　　　　　　　幸福没有捷径，只有经营

Tina挽着男人，坐在了我们旁边的位置上，转过头，看见我们，笑脸盈盈，说："哟，好巧啊，是你们啊。"

当我们陷入集体尴尬时，刘莲冲入了餐厅，她跌跌撞撞到我们和Tina的中间，兴高采烈挥着手，我万分庆幸，有个蠢萌的丫头来救场了。刘莲欢呼雀跃，手舞足蹈，不顾场合嚷嚷道："啊！刚才好险哦，我，我下车时，有个人抢我的包，幸好我反应快，和他对着抢，才没被抢走。好险，好险好险啊。"

她眉飞色舞，看起来似乎差点儿被抢是件很愉快的事，她在翻包时，看到身后的Tina，大吃一惊，吞吞吐吐道："啊？Tina姐？好久没见你啦！你……是瞎了眼被TWO这小子追上了吗？"

我大惊，敢情这丫头不是来救场是来砸场的啊！我瞄了Tina身旁的男士一眼，脸都黑了，我上前，拉刘莲回来，对Tina低声说："抱歉，这丫头缺心眼儿，别在意，你们慢聊！"

Tina依旧优雅笑着，仿佛丝毫不记得我和她决裂的事情。好在，没多久，Tina和那个男人便出了门，我看了一眼TWO，脸色很难看，面对Tina时，他假装的淡然会瞬间崩塌。

我听TWO说过，早在大学时，他便为Tina做过种种傻事——

他会组织数十个狐朋狗友来快闪，一人送Tina一朵玫瑰花，并说一句：TWO很爱你。Tina过生日时，他跑到她楼下，用蜡烛摆出"生日快乐"，喊她看，结果被门卫架走。快毕业时，TWO又当全班人面对Tina深情表白，惨遭拒绝……

TWO追Tina的过程，真是一部血泪史！

/ 2 /

"喂！你在想啥啊！"刘莲声音愉悦，把我们的思绪拉回到餐厅，"你的旧情人已经走啦！别再扭扭捏捏了！"

TWO瞪了刘莲一眼，她像赌气般，回瞪了他一眼。

"你就不能安稳点吗？干几个月就嫌没意思要换工作，再过几年谁敢要你啊？"我直言不讳。

"没人要我，TWO娶我呗。"刘莲依旧没心没肺。

TWO涨红了脸，刘莲是比TWO小一届的学妹，从大学起，刘莲就像是TWO的小跟班，形影不离。

"哎，我说，"刘莲咬着饮料吸管，盯着TWO，"你是不是还喜欢Tina啊？"

正专心喝咖啡的TWO差点被呛到，他装模作样，清了下嗓子："小丫头片子乱说什么呢！东西可以乱吃，话不能

　　　　　幸福没有捷径，只有经营

乱说，懂吗？"

"噢……"刘莲脑袋低下去，"你一碰到她就跟失了魂一样，还不准人说。我现在也不是小丫头了，我都毕业了，准确来说，我们是平等的，你不能再用学长架子吓唬我了。"

"好，你不是小丫头了。以后呢，你不可以一赌气就辞职了？"TWO轻轻拍了拍她的脑袋，柔声道，"乖，听话。"

我强忍笑意，这是我第一次见TWO面对女孩子时镇定自若。刘莲伸手，打开TWO的手，嘟囔道，"还是像哄小狗般摸我头，和你说多少次了，都不听，真是。"

下午茶在如同玩闹般的斗嘴中结束了，我看得出来，刘莲多次欲言又止。

当我们把刘莲送到租的房子楼下时，她忽然扭过头，说："TWO。"

TWO疑惑地看着她，问："有事吗？"

"我还是想再问一遍，你是不是还喜欢Tina。"

我察觉到刘莲的眼神中的深意，气氛变得微妙起来，我知道这意味着什么，自觉走远。

"嗯……还喜欢。"TWO心不在焉。

"好，知道了！"刘莲转身，再见都没说，冲上了楼，把TWO晾在楼下。

/ 3 /

一个月后，TWO慌慌张张敲我房门，我揉着惺忪的睡眼，问："干吗呢，又没地震。"

"比地震还恐怖！"TWO颤抖得拿起手机，给我看微信，我瞬间睡意全无，居然是Tina约TWO出来，选的见面地点依旧是简厅。

"别找我陪你。"我立刻要关门，TWO死死拽住我的胳膊，喊，"哥！我都喊你哥了！哥，你不能见死不救啊！"

我多么希望，上帝在创造天才的同时能顺手毁灭几个白痴。

我不下地狱谁下地狱，我硬着头皮陪TWO去简厅迎战Tina，我很少会在面对一个人时，如此毫无胜算。我深呼吸，攻即是防，我率先出击，问Tina："上次陪你的那男人呢？"

"呦，好浓的醋意啊。"Tina轻抿果汁，轻撩头发，"怎么？受不了我陪别的男人？那你快点儿回来吧，我一个人经营花店太难了，需要你陪我。"

我暗骂自己自找苦吃，第一回合，完败。

"好了，能切入正题吗？"我不接话，迂回作战，转移火力，"你是约TWO出来的，找他干什么？"TWO脸色大变，他没料到我会是卖队友的那种人。

"还是这么不解风情啊，"Tina笑，"我说我想谈恋爱了，所以就约TWO出来，怎么，你吃醋了，所以跟上来了？"

此女段位太高，无招胜有招，第二回合，完败。我扭头看了一眼TWO，他已阵亡，脸红得像猴子那什么似的，他用筷子哆哆嗦嗦夹着菜，掩饰不安。

"你这个时候啊，应该握住我的手，说，我们在一起吧，就跟电影里演的那样啊。真笨，"她笑得花枝乱颤，"TWO，你还喜欢我是吧？"

TWO已经毫无招架之力，低着头搅拌着菜，一句话也说不出。我直视Tina的眼睛，问："你到底什么意思？"

"我想再给TWO一次机会啊，TWO，二十四小时内我等你的电话，等你的表白，就这样。"Tina说完，起身，缓慢走出餐厅。

TWO待在位置上，失了神，我不说话，想起前几天Tina送给TWO一个杯子，才明白根本不是什么道歉礼物，而是又一轮进攻。我们沉默了几分钟，我的手机响了，我一看，是刘莲，我拍拍TWO的肩膀，TWO回了神，从口袋掏出手机，发现有三十二个未接电话，全是刘莲。

我按掉刘莲电话，让TWO打回去。

"你什么意思啊！这么久都不接电话！"电话刚拨通，刘莲不分青红皂白地吼，震得一米外的我耳朵都隐隐作痛。

"你声音能小点吗？"

"你还怪我？不接电话就算了，你居然还来怪我，还讲不讲理了，你……"

"你有完没完啊！到底谁不讲理了！"TWO很反常地吼了回去，电话那头安静了，过了好几秒，才有了动静，刘莲问，"你……生气了？"

"没有。"

"对不起，你，你别生气，我不该这么无理取闹的。"她像做错事的小孩，总需要靠撒娇才能平息大人的怒火，我都能想象出电话那头的她的表情有多委屈，我瞪了一眼TWO，示意让他道歉。

"好……好了。刚才是我不好，不该吼你。你……怎么了？"

刘莲没有说话，电话那头传来啜泣声，TWO慌了手脚，"唉唉唉。你别哭啊，我下次不凶你了，别哭成吗？"

"TWO……你知道吗？我最怕你那张铁青的脸了，每次Tina让你不开心了，你都会铁青着脸，我真的很害怕你那种表情。"

TWO愣住了，握着手机，听声音源源不断传来。

"不说这个了。我打电话，是找你来救我，我每次出事了，都手忙脚乱不知道该怎么办，也不知道找谁帮忙，只能想到你。但，但你还不接我电话。"

"啊？出事了？你别急，别又哭啊，告诉我怎么了。我现在就去你那里，别哭了，冷静点儿说。"

我和TWO都着急起来，真怕这傻姑娘出了什么事。我们让刘莲发来定位，急忙打车赶去她那里，路上，我对TWO说："人总是容易对在乎自己的人发脾气，甚至视而不见，到最后他们寒心走开时，才会后悔。TWO，我犯过太多类似的错，你不要步了我的后尘。对刘莲好一点儿，别把你的怨气无缘无故泼洒到她身上。"

TWO一路无言。

/ 4 /

两小时后，我们出现在刘莲面前，把她带回我们家中。我叹气，说："你是真没长心眼啊。出来玩还能把钱包丢了，还迷路。TWO，给她拿纸巾，让她好好擦一擦脸，妆都花了。"

TWO递过一张纸巾，无奈看满脸泪痕的刘莲。

"你们还说我！"刘莲又恢复了生气，"我当时都快吓死了。要是手机都丢了，我真不知道该怎么办了！"

"别一惊一乍的，急死我了知道吗？"TWO瞪了她一眼，她也吐了吐舌头，我们不约而同笑起来。

"TWO。"刘莲严肃起来。

"嗯？"

"你刚才是不是和Tina在一起？"刘莲直视TWO，"别骗我，女生的直觉都很准的。"

TWO点点头。

"噢……她和你说啥了？"刘莲问，TWO看着她，犹豫了好久，最终还是和她说了事情始末。

"那你是要表白吗？"

"我待会儿就打电话给她。"

"你打电话时我也要在场！"刘莲声音提高一个八度，"不准不答应！求你了。"

"刘莲，不要胡闹。"

"我没胡闹！"她站起来，挥舞手臂，"我只是想……若亲自听见你们在一起，这样……这样，我才能死心。"

TWO目瞪口呆，我丝毫不意外。

"不管怎样，你必须得答应我，让我在旁边看着。求你

幸 福 没 有 捷 径 ， 只 有 经 营

了，还有你，简浅，别走，和我一起等结果。"

刘莲的语气让人无法拒绝，我和TWO都找不出回绝她的理由，只好点头答应。

感情总是那么爱捉弄人，你永远不知道它会在何时给你一个意料之外情理之中的答案，即便在你的生活中，它已经埋下诸多伏笔。

"别忘了免提！"刘莲夺过TWO的手机，拨通了Tina的电话，按了免提，再还给TWO。

"呦，这是谁呀，竟然是您老人家打来的电话，"Tina依旧阴阳怪气，我皱起了眉头，"怎么，想清楚来表白了？我就知道，你舍不得。得得得，行了吧你，别当真了行不。嗳，我说，我就真有这么好让你迷成这样吗？可惜刚刚有人向我表白了，哈，这人名字可真逗，他叫……"

"我管他叫什么！Tina，你少欺人太甚了！"刘莲跳起来，一把夺过TWO的手机，"在大学时，我就知道你是水性杨花的主，你除了会欺负TWO这样的老实人，你……你还能做点什么！"

"哎呦喂，兄妹情深啊，表个白还带个学妹来壮胆，TWO，可还真有你的啊，简浅，你是不是也在他旁边……我说……"

"说你个大头鬼！"刘莲暴怒，挂断电话，把手机扔到沙发说，"你满意了吧？被这种女人玩弄很开心是吧？"

刘莲咄咄逼人起来，我有些不习惯，刘莲颓然瘫倒在沙发上，哽咽道："真不知道这种女人……你怎么就依依不舍了。"

"刘莲……"

"你别说话！"刘莲吼道，她低头，左手扶着额头，声音慢慢变低，"你不知道，你不知道的实在太多了……我刚来学校没多久，你就要追Tina，你低声下气求那些存心想看你出丑的损友们来搞什么快闪，还把我也拖上。你不知道我当时有多失落，我居然在帮我喜欢的学长去追一个我不喜欢的学姐。后来……什么生日摆蜡烛，还有你们班的什么毕业晚会，还有这次所谓的'表白'，你都要拖上我，你到底在想什么啊！你追你的绿茶婊女神为什么总是要带上我啊！"

我掏出手机，翻到Tina的电话，准备给她拨过去。

刘莲费力地撑着沙发，站起来，盯着TWO，质问道："TWO，你到底喜不喜欢我啊？总对我那么好那么温柔，总容忍我的无理取闹，可为什么这么多年来，我们没有一点点儿的进展，你是不是纯粹想来玩弄我的？像Tina玩弄你一样地来玩弄我，你内心平衡了吧！"

刘莲吼完，转身就跑，TWO拉住她，急忙说道："刘莲，你听我解释！"

幸福没有捷径，只有经营

"你别碰我！还有什么好解释的！"刘莲甩开他的手，冲了出去。

我退回我的房间，关上门，拨通Tina的电话，问："你何苦？"

"我没想到号称从不打电话的你会给我打电话啊，"Tina不忘挖苦我，"果然什么都瞒不了你。"

"你送TWO杯子时，我便明白，你想让他死心了。你早就看出来刘莲喜欢TWO，你还知道其实TWO也喜欢刘莲，只是他自己都没察觉到，所以，你逼了他们一把。"

"哈哈……名侦探简浅啊，"Tina笑得苦涩，"只是，我总是会被讨厌吧？我当着严默的面揭穿他老婆和别的男人睡觉，你和我翻脸了，我用计让TWO和刘莲正视他们之间的感情，估计是彻底失去TWO了，你说……我是不是傻啊。"

"你不仅傻，还蠢。"我挂断Tina的电话，推开门，看TWO傻子一样瘫倒在沙发上，双眼失身，直愣愣盯着鱼缸里的金鱼一次次撞击着透明玻璃。

我走到桌前，倒上一杯酒，来到TWO的面前，把酒递给他，说："别再躲避了，这一次，再失去，你真的一无所有了。"

TWO接过酒，一饮而尽。

/ 5 /

　　三天后，ＴＷＯ正式约刘莲出来见面，让我头疼的是……这"二货"又拖上了我，并且，仍选在简厅见面，我不禁想翻白眼：我是不是该改行做职业电灯泡了？

　　这次见面，安静了许多，几句客套话后，我们都陷入了沉默，各自玩弄手中的餐具不言语。

　　"三天前的事就别放在心上了，是我一时没能控制住情绪。"刘莲率先打破沉默。

　　"不，我把它当作一回事了，"ＴＷＯ难得硬气起来，鼓足勇气，直视刘莲的眼睛，"有些话，我今晚必须和你说。"

　　此时，我们旁边餐桌来了对情侣，看起来像是在校大学生。刘莲好奇地盯着他们，眨了眨眼睛，说："感觉好像几年前的我们啊。我猜男生肯定是和你一样的无良学长，女生绝对是和我一样的无辜小学妹。"

　　ＴＷＯ瞪了刘莲一眼，她吐吐舌头，一如往常的默契。

　　"你要说什么啊？"刘莲目光转向ＴＷＯ。

　　ＴＷＯ涨红脸，刚要开口，隔壁桌传来怒吼声——

　　"你到底想干什么！"

幸福没有捷径，只有经营

关键时刻，隔壁桌女生拍案而起，没有要停止的意思，接着喊，"你怎么证明你真的爱我？"

我无奈摇摇头，心疼严默，他的咖啡屋里怎么总来些不分场合大喊大叫的人啊，我看TWO尴尬的表情，忍不住想笑，正准备提议说要不要换个场所时，突然，咖啡屋里响起婚礼进行曲，一支小提琴乐队从各个角落走向他们。

男生单膝下跪，双手献上一枚戒指，语无伦次道："我这个人天生不会说甜言蜜语，今年，今年我就要毕业了，我知道你还有一年才毕业，所以，我会不安。但……但我今天豁出去了，请放心吧，毕业后就嫁给我吧！"

女生泣不成声，接过戒指，男生仍在哆嗦，傻乎乎的，不停问，"你是答应了吗？你答应了吗？"

"傻瓜，你这个笨蛋！她已经答应你啦！"刘莲插嘴道，"这点领悟力都没有，难怪你女朋友会生气。"

男生欣喜若狂，连忙问他女友，"真的吗？她说的是真的吗？"

女生流泪，点头，男生跳了起来，将他搂入怀里，餐厅内响起了一片欢呼声。

我们三人识趣地走出餐厅，刘莲还在狂笑，我知道，她也在向往着这么一天：TWO单膝下跪向她求婚。

"说吧，TWO，"刘莲收住笑声，眨了眨右眼，调皮道，"你不会也准备了枚戒指要送给我吧。"

TWO万分尴尬，想来他在诅咒晦气的简厅咖啡屋，破坏了他精心准备的一切。TWO不说话，从口袋中掏出把钥匙，递给刘莲。

"你给我这个干什么？这是什么钥匙？"

"这是我家的钥匙，你是知道我住哪的。"刘莲接过钥匙，TWO接着说，"我给你这把钥匙，希望今晚你能来我家，但我今晚有个很重要的采访，我会工作到凌晨才会回来。不用等我，你尽管早点睡——我是说如果你愿意来的话。你知道我们有个室友搬走了，他的房间空的。若你真来了，就代表你愿意……你愿意我俩成为男女朋友的关系。"

突然间无比安静，刘莲低头把玩着钥匙，怎么也不说话，TWO不知所措起来。

"那……我等你的答复。我先去工作了，"TWO顺手拦了辆车，把我也拉上去，冲刘莲挥挥手，"那我先走了，希望晚上能见到你。"

我难掩困意，不过仍陪着TWO，看TWO佯装镇定在采访，我有些担心：如此隐晦的表白，也不知刘莲是否会接受，如果当TWO回到家里，发现空无一人时，他会是怎样的失落？

工作结束了，已是凌晨三点半，TWO如释重负，在回家车上，TWO如坐针毡。当我们站到家门口时，TWO不断深呼吸，平复情绪，心脏却不听使唤地狂跳，我都听得见。TWO伸出颤抖的手，用钥匙打开了门，屋内一片漆黑，静得令人窒息。

TWO哆嗦着打开灯，黑暗空间瞬时明亮起来，我看见靠在沙发上已熟睡的刘莲，看来是一直在等TWO回来，我笑了，拍了拍TWO肩膀。TWO眼睛红了，喃喃自语道，"傻瓜，傻瓜。你还是一不小心睡着了吧，我不是让你别等我，早点休息吗？你还是那么不听我话，你不怕我生气吗？但是，这次，我不生气……"

TWO蹑手蹑脚走到刘莲身边，蹲下来，柔声道，"我爱你，傻瓜刘莲。"

"我也爱你，"刘莲睁开眼，搂住TWO的脖子，"傻瓜TWO。"

11

自愚

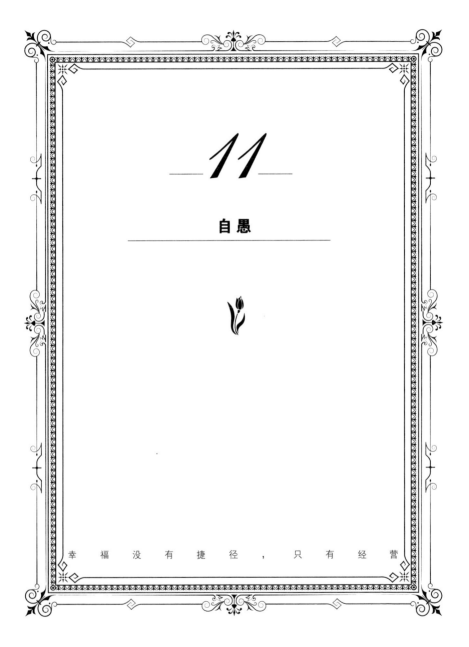

夜深了，我从小区里出来，朝电影院走去，路过一所大学的门口时，看见一对学生情侣在公交站旁相拥，男孩个很高，女孩站在一级台阶上，才能轻轻依偎在男孩的胸口。

真好。

此时，耳机里传来的歌词是"很想告诉你，最赤裸的感情，却又忘词"。

想来，我告别学生时代也快两年了，说起来，会觉得美好但一点儿也不想念。大学最后两年，我像是一意孤行，断绝旧友圈、独自旅行、写小说学画画、拿上稿费离开宿舍一人租房子、拒绝参加毕业酒会和毕业典礼一走了之……

我好像总这样，爱的时候太过炙热，不爱时太过薄情，我说过的，我不喜欢当个太中立的人。

我能耐心满满可以温柔待人，可也总失去耐心后，毫不掩饰不耐烦，表现得冷漠又难以接近。

说起来，我好像很久没和清橙联系了。

/ 1 /

两年前。

人往往不擅长自娱，常常自愚。快分别了，很多人反而懒散起来，不愿见老朋友，更不愿见新朋友，活在自我的世界里，慵懒得刚刚好。掐好时间，零点，又是愚人节，我给清橙发微信——

刚下飞机，南京好冷。

我盯着聊天窗口上的"对方正在输入中"，暗自偷笑，不出所料，她很快回答：不是吧，你来南京？

几句对白后，清橙是完全信我来了南京，我猜到她满脸疑惑和意外的表情，抢在她给我打电话前，说："愚人节快乐，第三年被我愚了。"

第一年，我说在她宿舍楼下，她信了。第二年，我说在她宿舍楼下，她又信了。第三年，我说我来江苏找她了，她还信了。

真是好骗的丫头。

　　　　　　　幸福没有捷径，只有经营

我是清楚的，他和她在兴趣爱好上，是截然不同的。

例如，她醉心韩剧我挚爱美剧，她喜欢郭敬明我欣赏韩寒，她微博关注了一堆发型师和美容师，我微博关注了一堆编剧和作者。最糟糕的是，她是路神，我是路痴，出玩时，往往我迷失了方向，她笑嘻嘻带路，我尴尬万分——

剧情不应该是男生路神，女生路痴吗？不幸，我每一次走的方向，都是错的。

例如，她热爱看每一部我不爱看的国产爱情电影，我热爱看每一部她不爱看的国外科幻电影，往往，我陪她坐在电影院，强忍着两小时的睡意后，冷静表示：嗯，男主很帅，女主很美，画面很唯美。回宿舍后，默默看一部《盗梦空间》寻找安慰。

没关系，人生总是起起落落，看电影也一样，我照样夸。

例如，她沉醉于新潮发型和化妆，认识半年后，她染了个金发大波浪时，我笑着说好看，认识三年后，她常常浓妆艳抹，我笑着说好看。只是，我很少对她说，我更欣赏初识时她不施粉黛和黑色直发的模样。往往最吸引我的，是最简单的。

我爱复杂的人，却又想在其中遇见简单的人，直到很久后，我才清楚这有多奢侈。

她抱怨生活时，我脑残回答，一幕幕人间悲剧悄然上演。

例如，她发来微信——

"啊，我四级又没过。"

"嗯，我英语也不好。下午我陪你去买单词书和真题集，接下来我们制订好学习计划，好好恶补。"

"……"

"……"

"再也不要和学霸聊天了！"

例如，她发来微信——

"日子过得好无聊啊。"

"你上次不是说要去学钢琴吗，无聊的话可以现在去学了。"

"……"

"……"

"再也不要和学霸聊天了！"

例如，她发来微信——

"哇，明天天气好好，你逃课好吗，陪我去森林玩。"

"呃，所有老师都认识我，我逃不了课。"

"……"

"……"

"再也不要和学霸聊天了！"

……

我想起过去的点点滴滴，嘴角就会不自觉地上扬，学

幸 福 没 有 捷 径， 只 有 经 营

生时期的友情纯粹到美好，只是，成人后的世界多少会有些残缺。毕业后，我们在不同的城市有不同的生活，有截然不同的思考方式，最终逃不开分歧，我想起来了……上一次通话，她在电话里痛哭着，说——

"你简直是冷血动物，该去看心理医生了！"

/ 2 /

我很长时间都以为，感情是慢慢变淡的。

往往不是这样，感情很容易在弹指间破碎，所有迷恋与疯癫，瞬间瓦解，所有不舍和挣扎，顷刻灰飞烟灭。微小的细节，彻底粉碎数月来数年来的好感与爱慕。

是在某一刹那，发现从爱到不爱，从不爱到冷淡，从冷淡到厌恶，崩塌成碎片。

崩塌往往是一瞬间，像导火线能瞬间引爆炸弹，摧枯拉朽，毁天灭地，所以崩塌与爆炸往往令人措手不及。

不，不是的，所有的崩塌与爆炸都潜伏了很久，很久很久，只是你察觉不到。在潜移默化里不断积蓄，开始裂变，最终彻底爆发。你觉得突然和难以理解，当事人却见证它一路以来的自我折磨和自我挣扎。

我脑海里不断浮现两年前的画面——

乍见之欢，自是比朝朝暮暮愉悦得多。清橙会丢失银行卡不知所措，我淡淡着手应对措施；她半夜没电惊慌失措，我翻墙而出从容解决；她被骗被伤无所适从，我带她吃喝玩乐，安静做个聆听者。

生活吵吵闹闹地过，总不尽人意。我面临毕业，快要离开学校，头疼的事太多，清橙依然看起来没心没肺。有些话，我一直没来得及和她说，例如这段话：陪伴是细水长流，不是绚烂烟火。

我早不是懵懂少年，已慎用类似于"永远"这类词汇，我不会陪任何人到永远，若轻易承诺，怕是得将我分裂成百十个才勉强够用。我身边，不会只需要照顾一个人，虽然说起来有些残忍，但事与愿违，你也一样，所需要依赖的人，不会只有我一个人。

我想到这些时，耳机里传来的歌声是"一个故作气派，看另一个置身事外，走也分开会显得见外"。

快毕业了，我变得愈发冷漠，人在无所顾忌时，手机变得若有若无，常常我想起再看时，有数个未接电话和微信，经常都是清橙的，我给她回拨过去，原来是约一起吃午饭。聊天时，难免提到我快毕业的事，她常黯然没人再能这样帮她了。

她说："我一直不知道自己以后干什么，真想有个明确的目标。"

我说："真难得啊，你终于开始想要有个追求和目标了。"

她说："我一直都有好嘛。"

我说："你不是一直说女孩子二十岁时吃吃喝喝玩玩乐乐不就好了吗，哪要那么累。"

她说："哪有，我有那么肤浅吗？我要是那么肤浅，你还会和我玩耍吗？"

我说："谁叫你漂亮。好吧，其实我也挺肤浅的，不小心暴露了。"

嘻嘻笑笑，她并没有察觉我言语中的疲惫。我并不是太需要人陪，他也常常会茫然，她体会不到，不，她能体会得到，只是想试图把我拉回原来只爱吃吃喝喝的思维。

就像我试图让她只会淡妆留直发一样。

一切都回不来了。

/ 3 /

几天前，我发烧了，掏出手机，查附近的药店，猛然察觉，我忘记了清橙的生日，没有给她祝福，说起来，这是第一次啊。

我坐在办公室里，起身，望窗外，头晕目眩，深呼吸，休息了三分钟，坐下来，强迫自己集中注意力，先把手头的事做完。下班，买药，回家，吃药，昏昏沉沉地睡去。

我有些饿，想起来……还没吃晚饭呢。我定了外卖，心里有些愧疚，快十二点了，小哥没有小区的门禁卡，用不了电梯，一层层爬上来，送到门口。

偌大的城市里，有多少人在深夜里独自忙碌，他们会觉得孤独吗？

三天前，我头疼欲裂地起床，上班途中，出了车祸。

我看满地鲜血，被人扶起时，我没有生气，说："先报警，让我拍照留证明。"

等警察来的十分钟里，我向公司请了半天假，和晚报编辑说交不了稿了，和工作室伙伴说电台的事得延期几天。

接着，我去医院，挂号，缝针，拍片，打针，取报告，有惊无险，缝了五针，没伤及骨头，还好，没什么。打开手机，写了一段文字，在我的公众号里说更新暂停两天。

不知何时起，我终于慢慢靠拢我所想成为的人，遇见突发情况时冷静理性，第一时间先想好接下来的应急措施与解决方案。

手机微信响不停，电话也响不停，我笑着说没事没事，你们听我声音多活泼，别担心了。

从医院出来后，取车，回家，换掉全是血的衣服，打

幸福没有捷径，只有经营

车去公司，我还有一篇稿子的修改和一个人的采访没做，确定人没事了，那就做事吧，时间总不能在自我安抚里被浪费。

晚上，又是暴雨，下车时我和司机说声"谢谢"，捂着手，冲回家中，收拾屋子，满脑子想：每天早上和晚上按时吃药，每三天去一次医院换药，半个月后拆线，工作上这周还有三个人的采访和一篇稿子，八月一号我的第一本书要截稿了得赶紧改完，报纸既然计划开新专栏了得先做出第一篇稿子来，电台的事情也答应伙伴了不能耽搁……

我不能停下来，我比谁都清楚，可我的脑海里一直在回荡着清橙的那句话：你只顾着往前跑，忘记了曾陪伴过你的人。

我费力摇头，不去想这些，我开始收拾屋子，收拾完后很干净，我很满意，突然，手机响了，是清橙的短信，我猜她是看见了我出车祸的消息，我握着手机，看她的短信，她说——

我看到的是你的孤独，有事了自己处理。

我……很孤独吗？

我想我很久没意识到这个问题了。

我看着那条短信，一瞬间，久违的孤独感如潮水般涌来，将我淹没——

原来，这么久了，我还是很孤独，我以为我忘了。

我在很早前，便分清了孤独与孤单的区别。我从来没有孤单过，我运气很好，走到哪都能交到一大群朋友，也不缺能谈心的朋友，我向来热热闹闹地活，潇潇洒洒地走，好多年了，我很明白：我只是害怕孤独。

生命中总是会有始终都没办法释怀的几种遗憾，我早已看开。

就像清橙的短信：我看到的是你的孤独。

被揭穿可真不好受啊！

/ 4 /

我想，我是没勇气再给清橙回个电话了，她骂我冷血动物的那个晚上，我看上去毫不在乎地说："你走吧，我不会觉得舍不得。你问我为何我不再对你有多关心，我想，大抵是所有人都离开我时你也离开了我，陪在我身边支撑我的人不是你吧。现在你回来了，我当然很高兴，只是我也不再需要人陪。"

现在想想，我是绝情过了头。

我早早开始准备迎接成人后的世界，我知道，我避免不了年少时羞于谈及的话题。

性，钱，车，房，一样样摆上来，够直接，够刺激，够明朗。离开校园后，成人社会，若避谈这些，似乎总显得矫情、乏味还幼稚，一轮又一轮观念上的冲击后，谁都难说可以不忘初心。

大家推杯换盏，觥筹交错，醺醺然间，推心置腹，捶胸顿足，懊悔道：我怎么没珍惜校园时期的恋情，单纯，美好，哪来那么多考虑！

看过纸醉金迷后，再回到粗茶淡饭，没多少人能适应，愿从虚荣中走出来的，多是真正看透人性的，才得知平凡的美好。遗憾在于，大多数人都看不透却假装看透，都说向往简单却拼了命朝着烦琐华丽奔去。

我们脸上的胶原蛋白会越来越少，女孩的眼角慢慢泛起纹路，男孩的胡青慢慢难以刮干净，女孩和男孩变成了女人和男人，岁月虽无情，但也赋予其独有的魅力，女人们风情万种，男人们风度翩翩，让青涩的女孩们和男孩们羡慕又忌妒。

女孩们年幼时大都幻想过身穿华服，面容精致，举止优雅，以不变应万变，男孩们轻狂时大都期待自己有历练沧桑的眼神和处事不惊的稳重，牵过她的手，轻搂她的腰，跳一支舞。

这一切，像极了愚人节里最大的玩笑，我才想起，我不仅忘了清橙的生日，也忘了我们在愚人节的"传统"。

我握着手机，胡思乱想，看那条短信，在思索：如何装得跟无所谓些，说自己一点儿不孤独？

/ 5 /

其实都还好，我曾一度忍受不了孤独。这些年来，也渐渐明白，若想成为强大的人便要学会忍受孤独。很多事情，你真的只能一个人做，才能实现最后的成功，好几年了，我一个人读书，一个人生活，一个人写作，一个人处理一件件事，我渐渐享受孤独，也是在这几年，我才得到了很多我以前只敢想的事情。

只是，我得到的同时，也失去了很多，就像人有相聚时，就有离别日。

人总是要告别的。

当我想明白时，其实并没有舍不得太多。所以，真的就不会不舍得了。就像愚人节一样，把谎言说得真实，便能恰到好处得让人上当受骗，再轻言一句：愚人节快乐。

再轻言一句：不会舍不得。

愚人多了，很多人多半活在自愚的世界里。人情冷暖，我不提，你也亲自品尝过，并没有水深火热，更没有沧海桑田，仅是我们想入非非的自愚自昧，然而愚昧过后，或许比水深火热沧海桑田还收获得多。

幸福没有捷径，只有经营

既然是似梦非梦的年纪，何苦非要如梦初醒，大觉大悟一番。若想早早踏入声色犬马中，不必挣扎于出淤泥而不染的心理贞碑，染上一身风尘，再怎么挣扎，也是深陷泥潭。

　　我还在愚弄自己什么呢？我还放不下什么面子呢？我还是说起大道理来头头是道，实际脆弱得一塌糊涂啊，我苦笑，拿起手机，给清橙发去短信——

　　"愚人节快乐，生日快乐，清橙，对不起，有些晚了。"

　　"不晚，我在等你和我说。"

　　好像……道歉永远不会晚，不会失去的终究不会失去，我渐渐露出笑容。

　　虽说有时我也会觉得孤独像一把利刀，刺得人鲜血淋漓，但我越来越觉得孤独是上天赐予人最好的礼物，你总得去经历一个个孤独的夜，和自己对话，问清楚自己想要的是什么，你总得要明白很多事你必须独立去完成，别人帮不了你，你也不能让别人帮。

　　在那些夜过去后，在那些事经历后，你也许仍会孤独，不过，相信我，你会变得强大，你也不会再孤单。

　　至少，别再做那些愚人自愚的事了。

12

永远像孩子的男人

幸福没有捷径，只有经营

男人都是下半身思考的动物，男人都是视觉动物，只爱白富美。

不注重仪表的男人都有直男癌，注重仪表的男人都是娘炮。

所有男人都不是什么好东西，所有男人都是孩子。

你说……我们男人到底是什么呢？

难道是——

不是什么好东西的熊孩子？

/ 1 /

熊孩子认为自己是个"好东西"，所以坚信自己会遇上好姑娘。他走啊走，遇上一个姑娘，姑娘见他青涩木讷，牵着他，说："迷路了？来，姐姐带你玩。"

就像是在黑暗森林里见到一束光，瞬间想要靠近。每个男孩子都曾爱慕过成熟稳重的学姐，她们谈吐迷人，她们妖娆美丽，一颦一笑都能勾走男孩子的心，把他们迷得五荤八素。

哪里是在喜欢的人面前像个孩子，在她面前，就是个孩子啊。

傻孩子迷上了她，于是穿上帅气西装，把头发梳成大人模样，约她去浪漫场所，她笑，说："真笨，连领带都打不好。"

她走到傻孩子面前，低着头，为他打领带。隔得那么近，傻孩子屏住呼吸，心跳加速，俯视她的面庞，她脸上的微微绒毛都看得一清二楚，她的长睫毛，她的红唇，甚至……她的呼吸都感受得到。

他心动了，闭上眼睛，头微微往下，想亲吻她的唇……

冰冰的，甜甜的，滑滑的……咦，冰激凌？

他睁开眼，她笑嘻嘻，把冰激凌塞到他的嘴里。

第一回合，完败。

/ 2 /

熊孩子不甘心，开始了真正的追求。

她好像变冷漠了，她好像不再像以前那样总哄着他了，她到底是怎样的人啊？

她好像对每个人都那样，她好像只是无聊才来照顾他，看不透她了。

终于，约出来她，他满心欢喜，故作沉稳，正准备将一腔孤勇如倾盆大雨般讲述，她笑，拍拍他脑袋，说："偶像剧看多了？"

所有词汇，灰飞烟灭。他懊恼坐下，忘词了，词穷了，语塞了。

第二回合，完败。

他仍不甘心，准备一场声势浩大的表白，结果……

他看见她，和一名男士在街边相拥亲吻。

第三回合，完败，并且……失去了她。

/ 3 /

后来，男孩成长为了男人，成熟稳重，风度翩翩，谈吐大方，撩妹技能也被点到满分，他从万花中走过，沾惹一身花粉，却在回家前又能洗净，少女被他迷住。

他每次亲吻少女的唇时，都不再心动，他有时在想，都说"多一点真诚，少一点套路"，可是真诚到痴迷时，为何惹人生厌，满心套路时，却有美人在怀？

自古深情留不住，总是套路得芳心。

任何打上"所有"的词句，都是将一己之见偷换概念后变为大众理论，其实全为伪证。

我不爱你，自然是成熟稳重，以不变应万变，冷静理性，即便亲吻相拥，也能全身而退，成人世界恍若一场复杂游戏，我想你我都喜欢真诚的套路，互相索取，也迅速逃离，我们都明白，岁月教给我们的便是如此，成熟男女的魅力也就在于此，让少男少女都沉浸其中，欲罢不能。

我若爱你……在你面前，我不再冷静，患得患失，喜怒无常，所有岁月所教的道理都忘在脑后，只剩下孩子气。

唯有此时，所有男人都是孩子。

幸福没有捷径，只有经营

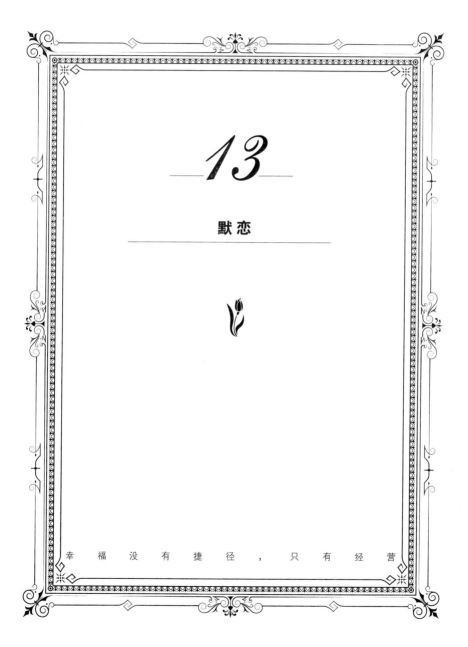

13

默恋

我是在"麦乌"清吧认识的莫语，他是个清秀干净的男生。

"麦乌"是一家有故事的清吧，里面的每个人都很有趣，老板是个著名画家，老板娘是时尚编辑，顺便在这儿驻唱。调酒师是个六十岁的英国老头，终身未娶，黑色长发的女孩吉他手从来不说话，而莫语，则是这里的服务员。

第一次见他时，他冲我友好地笑，对我打了几个手势，提醒我的钱包快从口袋里掉出来了，我想：真是个有礼貌的人，大多数人在嘈杂的环境里和人说话，都只能凑到他耳边用吼的，莫语知道陌生人之间是很排斥太过亲近的行为，所以选择打手势。

来"麦乌"次数多了以后，我发现莫语是个特别能静下

　　　　　　　幸　福　没　有　捷　径，　只　有　经　营

心的男孩，例如在没有活时，他能在歌手唱歌时，坐在角落里打着手电看书。

时间长了，我们也熟识了，我逐渐知道莫语为什么能如此静心。有一天，莫语来到我和好友Tina合伙开的"解忧"花店，他买下几束花和一个花瓶，Tina站在花丛里，冲背对她的莫语说："在我们这里同时买了花和花瓶的客户，可以得到一次解忧的机会，或者，我们可以为你写你的故事。"

莫语没有理她，Tina有些丧气，毕竟莫语已经看到了她的长相，居然还能做到对她这种大美女说话不理睬，也是一种本领。

"他是有多爱他女朋友。"Tina嘟囔道。

我笑，将解忧花店的宣传单页递给了莫语，莫语冲我笑笑，将单页放进袋子里，对我们挥挥手以示告别，转身出门。

"你奇奇怪怪的朋友还真多啊，这个人，还真不喜欢说话。"Tina很不满，我没有接话，因为我在看莫语的短信——

"晚上，我们在微信聊聊吧，我想说一些我和她的经历，你能帮我写成故事吗？"

"好。"我回复。

/ 1 /

莫语大学时，交了一个女友，是个哑巴。

说起"哑巴"，我想大多数人脑海里都会在不经意间浮现出这些画面——

清瘦的中年男子，来到零售店前，想买包烟，冲老板娘比画手势。处于更年期的老板娘看不懂手语，很不耐烦，让男人说话，男人便咿咿呀呀地发出奇怪又刺耳的声音，依旧比画着手势……

莫语六岁时，他家附近确实住了这样的一个哑巴，给莫语留下的印象太过深刻，以致到现在提起哑巴，莫语脑中就条件性反射回想起那个哑巴。莫语七岁时，生了一场大病，出院后，哑巴男人已搬出了这个小区。

不要误会，莫语绝不是歧视残疾人的浑蛋。相反，在大学时，莫语还加入了关爱残疾人协会。关于弱势群体，莫语一直怀有特殊的情感。

女孩叫伊言。莫语很喜欢女孩的名字，只是伊言自己对这个名字有些介意，她不能说话，对"言"，自然会很敏感。

伊言是个很文静的女生，面容姣好，黑色长发，不烫不染，喜欢穿白色长裙，爱捧本书，在学校里走动，在日渐浮夸的大学生中，她像是一股清流。

伊言是艺术系的，美术学专业，她有着极好的画功和文笔，可惜才华和美貌总会是惹人忌妒的源点。伊言初入大学没多久，就频频遭到室友张莉莉的戏弄。

有些恶作剧无伤大雅，有些恶作剧则会成为一些人心中永远的阴影。

那天晚上，张莉莉近乎反常地友好，她邀请伊言听一个艺术演讲。伊言正头疼怎么改善和张莉莉的关系，缓解与室友的尴尬气氛，见到张莉莉主动前来示好时，受宠若惊，没有多想什么，点头答应了张莉莉，友好挽住她的胳膊，像亲姐妹般，边走边笑，走入阶梯教室，进教室后，张莉莉一反常态，选在了第一排坐下。

这是一场极为平庸的艺术演讲，张莉莉全程都在睡觉，快结束时，青年画家手拿麦克风，问："今天都是我在说，我知道台下各位都是很有才华的年轻朋友，有没有谁想发表些意见，我欢迎你来台上展示下你的风采。"

台下人都没有反应，在低头玩手机，大学生都知道，"你们还有没有什么想说的"的含义是：演讲快结束了。

张莉莉站了起来，指着伊言，喊道："有啊！她是我们专业最优秀的学生，连续几年专业成绩第一，还拿过好多好多大奖，老师，相信我，她的发言一定非常棒！"

后排几乎炸开了锅，在座的基本都是美术生，不认识伊言的人屈指可数，其实，整座校园的人几乎都认识伊言。

"让一个哑巴说话……太为难人了吧。"

"真是人心可畏啊。不过，也是可惜，伊言这漂亮脸蛋，要不是个哑巴多好。"

"我看伊言平时为人估计也不怎么样，别看她文静漂亮，指不定没做过什么好事。不然她旁边那女的，干吗这么整她？依我看，年年拿奖学金，年年拿大奖，肯定是潜规则的。"

言语有时会像一把刀，在无形中将人慢慢杀害。

伊言浑身颤抖，听见后排的讨论，强忍泪水，她扭头，盯着张莉莉，张莉莉一脸无所谓，还挥手让画家赶紧过来。

青年画家听不清台下究竟在说什么，误以为是学生们都很期待伊言的发言，笑呵呵的，拿着麦克风，走到伊言面前，将话筒递到她嘴边。

全教室都安静下来了，没人敢直接和青年画家说：老师，她是个哑巴。

伊言泪水在眼中打转，脸色铁青，她低下头，一语不发。

画家不知情，以为伊言摆架子，他拿着麦克风，得不到回应，发现教室静得异常，觉得很没面子，下不了台。画家

　　　　幸福没有捷径，只有经营

很尴尬，将话筒拿回来，想开个玩笑，缓解气氛，说："这位同学，你干吗不说话呢，你又不是哑巴。"

全场爆笑。

人是怎样的一种动物，在群体行为时，总能允许自己展露阴暗的一面，爱看一个人出丑时的洋相，再集体哄堂大笑，让人尊严尽失，他们会说：大家都这样做啊，多我一个又没什么。

青年画家跟着笑，他没想到他生硬的玩笑取得如此大的效果，一时间洋洋自得起来。

终于有人看不下去了，有个男生拍案而起，吼道，"笑什么笑！伊言本来就是哑巴，不能说话就够难受了，你们还这样对她！你们有点儿人性好不好！"

青年画家一脸慌张，呆若木鸡，愣在台上，意识到刚刚他都做了些什么蠢事情。

义愤填膺的男生并不知道，他的行为看上去虽像拔刀相助，但对伊言来说，则是二次伤害。

"哑巴""残疾人""不能说话"……

这些词汇，在空气里穿梭，刺穿她的耳膜，像炸弹般在她脑中狂轰滥炸，痛苦犹如一条肆无忌惮的蛇，啃噬她的心灵。伊言站起来，推开张莉莉，泪流满面，低头冲出教室，在过道里狂奔。

/ 2 /

莫语恰巧经过，伊言撞到了莫语。

莫语看见她哭红的眼睛，乱了分寸——

世上居然有个女孩，能在哭泣时那么美，莫语慌了神，手忙脚乱。伊言伸出双手，比画手语，是"对不起"的意思，然后，她慌乱地逃走。

莫语凝视她远去的背影，沉浸在惊鸿一瞥中，如痴如醉。

翌日，张莉莉陷害伊言的事便轰动了全校，张莉莉成为校内论坛上全民指责的对象。

只是，网络暴力还是不可避免地指向了伊言，年轻貌美、才华横溢、先天残疾，这些词让伊言成了大家茶余饭后的八卦，伊言的名气在互联网上在校内网扩展到各大论坛，甚至被人人肉，她亲身体会网络暴力的恐怖。

伊言搬出了学校，事到如今，也无法忍受和张莉莉住在同一个屋檐下，更何况，住在宿舍楼里，进出时总要遭到女生们的指指点点。

她在离学校很近的小区里找了个三居室合租房，很巧的是，莫语是她的合租室友之一。莫语也因一些特殊原因，选

幸福没有捷径，只有经营

择租房，由于家境不好，他为了供得起房租，不得不同时打两份工，才能维持生计。

在屋子客厅里第一次相见时，伊言冲莫语笑，做手语——

"你好，好久不见。"

伊言有些担心，怕莫语看不懂，莫语害羞笑着，欣喜伊言竟然记得他。莫语是"关爱残疾人协会"的副会长，手语自然难不倒他，莫语为了让她心安，立刻做出手语回应。

"你好，你还记得我？"

"当然，虽然那天有些尴尬。"

"没什么，那一起去学校吧。"

几句手语对白后，他们共同走出小区，骑着单车，赶往学校。

/ 3 /

莫语喜欢这种感觉，不需要声音，言语有时候会很多余的，并且，言语不能表达的还有太多。后来，莫语与伊言越来越熟悉，他们常常一起去图书馆看书，闲暇之余，伊言会教莫语画画，她教他快要失传的一门手艺，把一个字画成一幅画，像我们小时候常在街边看到的街头字画艺人一样，告诉他自己的名字，他把你的名字变成了唯美的画面。

莫语早知道伊言多才多艺，他没料到伊言还会弹吉他，不过，伊言很少在他面前弹。

他俩的世界呀，不需要声音，不需要语言，只需要眼神交汇。他们渐渐默契到只需要对方一个眼神，便能知道对方的想法，"心有灵犀"恐怕就是用来形容他们的。

有时，莫语也会带伊言去周边买菜，他早已熟识了小区附近的菜市场，并且，每次都会去一家蔬菜店，因为，恰好那家店主也是个聋哑人，久而久之，店主与他们成了忘年交，每次看见他们来，都开心得合不拢嘴，会多送他们菜，莫语和伊言每次都微笑着，摇着手，一定不要。

看似普通的日常生活，是伊言从没体验过的，从张莉莉陷害她之后，伊言很少笑了，如今，伊言笑的次数越来越多。

莫语清楚，他爱上了她，他要和她表白。

有天晚上，莫语和伊言在客厅里一起看书，突然，莫语递给伊言一本集子，让她看。伊言好奇地打开，是本图集，都是手的特写照片，仔细一瞧，全是手语。

她有些不悦，这种礼物，显然刺中了她的痛处。

莫语示意她翻集子，伊言懂了——

迅速翻动书页会形成连续画面。

她不快不慢，不缓不急，翻动这本集子。她看着，先是

幸福没有捷径，只有经

微笑，然后，眼睛慢慢湿润了。

这些照片，拍摄的都是莫语的手，翻动后的画面，是连续不断的手语，连起来，是一句完整的话。

"我爱你，伊言。我愿意用我的生命守护我们之间的宁静，言语不能说的，还有很多呢，我习惯用行动来表达我的情感，以后的日子，让我照顾你吧。"

伊言翻完这本集子，没有抬头。

莫语有些着急，忽然，伊言又开始翻动集子，反反复复看了三遍。

她终于抬起头，看莫语，眼中泛着泪花。

莫语笑着，他的房间门被打开了，冲出来四个人，是莫语在协会里认识的朋友们，他们站成一排，每个人举着一幅画。

是伊言教莫语的那门手艺，如何把一个字画成一幅画，那四个字是——

"答"，"应"，"她"，"吧"。

伊言看那些画，用手捂住嘴，不想哭出来，转身，抬头，看莫语。

莫语又一次沉沦了，他第一次见到伊言时，她也是哭红了眼睛，泪水的含义不一样了，却还是一样美。伊言缓了缓，抬起双手，莫语知道她要"说话"了。

莫语慌张起来，他害怕她做出第一次与他见面时那个手势："对不起"。

"谢谢你，我也爱你。"

莫语的朋友们都笑着流下泪水，没有鼓掌，也没有欢呼，他们知道，莫语和伊言的世界里，不需要声音。

莫语举起双手，立刻做出回应——

"我会守护你，永远，永远。"

她扑进莫语的怀里，哭着笑着，在这个冬夜，莫语和伊言，都感受到前所未有的温暖，他们仿佛听见了悦耳的歌声。

莫语和伊言的恋爱，一直如此平淡，没有轰轰烈烈，没有惊天动地，虽然莫语偶尔也会惹她生气，但莫语知道，简单平凡的生活，是最幸福的。

有人问过伊言："你男朋友不会嫌你闷吗？没有声音的生活，会有多枯燥，时间长了，他不会受不了吗？"

伊言只是微笑，从不回答。她知道，从没有人问过莫语这个问题。

因为啊……还记得吗？七岁时，莫语生了场大病，醒来后，他发现世界变得太安静了，静得让他害怕。

七岁后，莫语就丧失了听觉，他是个聋子。

　　　　幸福没有捷径，只有经营

/ 4 /

　　我写完这个故事，打印下来，在"麦乌"里，把故事给了他。

　　他一如既往地坐在角落里，用手电打着纸张，静静地阅读。我举起酒杯，边饮边听女歌手唱歌。她唱完后，开始向大家介绍乐手，到那个黑色长发的女孩时，她说——

　　"她是我们的吉他手，伊言，大家掌声鼓励。"

　　我很用力地鼓掌，言语不能表达的，还有很多呢，即便她听不见掌声，我也想让她看见，她所带给我的感动。

14

理解是虚妄，了解是灾难

我写过很多故事。

我把故事写得极度残忍，也极度美好，不是想告诉你现实没这么残忍没这么美好，是想告诉你，现实远比故事残忍，远比故事美好。

我也想告诉你，理解是虚妄，了解是灾难。

/ 1 /

我和多多是在大学时认识的。

多多是Les，第一次和她见面是在一家清吧。我坐在她的面前，伸出手，笑着说："多多，久仰大名，很高兴认识你。"

她象征性地握握我的手，笑道："久仰大名？臭名昭著，声名狼藉，对吧？"

我愣住了，一上来就是个下马威，我勉强笑笑，心想这个女孩子还真不是那么好相处。在我陷入尴尬时，她爽朗大笑："有名也是件好事，我的名声这么差，你还愿意主动来跟我说话，来，干了！"

她给我倒满一杯酒，没有兑软饮，挑衅般看着我，我承认，有点儿后悔这么不知轻重地就跑来跟多多自我介绍了。那晚我是喝得屡屡断片，她也好不哪里去。

我最初以为他们是与生俱来的没心没肺，然而了解他们之后，终归清楚他们时刻灿烂的笑脸背后有不为人知的酸楚和痛苦。

她说得没错，她的名声确实不太好，不过我对她的第一印象却是不错的——这并不是我第一次见她。

第一次见她是学校的一场活动，她穿着白色西装出场，马尾辫，淡妆，坐在椅子上唱歌，旁边两个头发杀马特的吉他伴奏，她的唱功和音色其实都很一般，然而我却记住了她，我说不清原因，总隐约希望认识她，问身边一起看演出的朋友，他笑着说："她和我们一个圈子的，叫多多，下星期出去玩她也会在。"

那晚喝多了，她拉着我跑到海边，脱离了大部队，她大笑大闹着。很久很久，终于安静下来，我看看手机，已是凌晨两点多，海边只有些本地人睡在沙滩上。她闹累了，蹲了下来，醉眼蒙眬，问我："喂，你们这种人，天天和我们一块儿玩，是不是只是对我们好奇，其实很鄙视和看不起我们！"

我连忙挥手说"哪有"，她不理会，沉默了。半晌，她才告诉我，她和一个男生谈恋爱了，为了这个男生，她抛弃了相爱三年的女友。

我问她为什么这么做，她惨笑，说："你没有父母吗？你父母要是知道你出轨了，他们会怎么想？我虽然自私，但……还没自私到那个程度。"

我说不出话了，我见过太多类似的悲剧。

后来大部队找着我们了，我们嘻嘻哈哈地去吃烧烤，各自散去。在临走前，我向多多要了微信号，她晃悠着，拍着我肩膀，说："好，好哥们……我记住你了，下次，再聚！"

/ 2 /

回到寝室我呼呼大睡，烈酒不是我这种平常只喝啤酒的人能承受住的，醒来后已是下午三点多，我头疼欲裂，看手机，有多多的微信，只有一句话："醒了打我电话。（后面是她手机号）"

我摇摇头，酒劲还没彻底散，我打去电话，好久才接，她迷迷糊糊道："喂……"

虚弱朦胧的声音，像未经世事的少女般，格外动听悦耳，我一时呆住，不知说啥好，脑子里还不断盘旋着昨天她那豪放的形象和舞台上那忧郁的形象，怎么这回一下子变成呆萌小萝莉了？

我报上名字，她默默哦了一声，像撒娇般，说："人家还要睡，你等着，我睡醒给你打电话。"

我苦笑，然而这个晚上并没有等来她的电话。直到一周后，她给我打来电话，开口就是："出来，我在校门口。"

电话挂断，我无奈地耸耸肩，只好往校门口走去，我远远看到她，瘦小，穿着吊带衫，戴着大大的耳机，一张娃娃脸，画着淡淡的眼影，她看到我，高高举手挥着。我走近，她说："走，我们去海边喝酒。"

我再一次后悔出来了，可大老爷们总爱面子，不能在这个时候认怂，只好两人打了辆车，来到海边，在附近的小摊买了一打啤酒，抱着来到海边。她酷酷地不说话，一瓶直接干完，扭头看我，我深叹上了贼船，无奈也干了一瓶。

我问："这种事，你应该找你男友。"

她差点拿酒瓶砸我，我装作躲了躲，她又猛灌一大口，

幸福没有捷径，只有经营

双手握酒瓶，往沙里按，说："男友？得了吧，不就是一个想满足生理欲望的男性吗？和他出来喝酒，我没安全感，他想碰我。我恶心，我又不喜欢男生。"

"可是，谈恋爱的话，男女交往，都没有亲密接触，对于成年人来说，不是很奇怪吗？"

"何止，对于现在的小朋友来说，都奇怪了。我们小时候，牵牵手都是大逆不道了。"

"说得我们好像很老似的，好歹我们也是90后啊，"我反驳，"虽然22岁了，但也没老好嘛。"

她不说话了，只是低着头，我和她不熟，不知道该如何接话题，很久，她才哽咽道："我真的难受，受不了，他总是想亲我，抱我……可是，我连和他牵手，我都恶心。我……我好想念以前，我为什么和她分手，我好想她……"

一会他一会她的，我听得迷迷糊糊，恨不得让多多给我说清楚，这个"ta"指的是现男友还是前女友。她很快又喝完了一瓶，大哭起来，吼道："为什么！为什么每次都这样！为什么要把我们当成怪胎，我也想要属于自己的爱情！"

我不知如何安慰，虽然早在以前就经历了类似事情，但还是不懂得如何安慰这类情况。我只好陪她喝，一打不够又买了一打，再一打……

两个人喝了三打啤酒，好在海边有公厕，两个人都跑进去吐了好多次，又到深夜，她竟躺在海边睡着了，突然，我的手机响了，是陌生电话，我接了，里面传来男人的声音：

"我是多多男朋友，打她电话她不接，我听她室友说，她和你出去玩了，你们在哪儿。"

我挂断了他的电话，把他号码拉入黑名单。或许是喝得有些多，让我神志不清，才做出这么不礼貌的举动，我也不知道多多男朋友是怎么问到我号码的。

没一会儿，多多醒了，摇摇晃晃站起来，我扶住她，她歪着头，看我一眼，说："你可不要对我动什么歪脑筋！"

我只是笑，没有回应，扶着她离开海边，到了人行道旁的座椅，慢慢让她坐下，她说："明天，我就退学了。"

我身体颤了颤，苦笑道："何苦。"

"你反应不算太大嘛……我知道，你以前有个特别好的朋友，也跟我一样，为追求爱情退学了。不过……我和他不一样，我只是退学回家，跟着家里人做生意，几年大学读下来，挂了那么多科，成绩那么低，还有好几个处分，我就算读完大学也没有学位证吧……是啊，何苦读下去呢，在这里，有自己喜欢的人，但不敢见，还谈一个名存实亡的男朋友，真是作孽，我待不下去了，我想逃……"

　　　　　　　幸福没有捷径，只有经营

"你父母答应了？"

"嗯，我只是想逃……我活得……像一只刺猬。"

"我们每个人在生活中都是刺猬，不过多半都不怎么优雅。"我看着多多的眼睛，说，"这是法国女作家妙莉叶·芭贝所写的《刺猬的优雅》，在2009年被翻拍成同名电影。小说与影片所涉及的体裁本不是我感兴趣的，但因为对'刺猬'的这句精彩的描述，让我看完了它。我和你一样，常用'刺猬'来自我形容。"

多多也看我，听我说话。

"我不太喜欢谈及自己过去的事，最常断断续续提及的，便是两年多前性格的彻底变化，也不愿完整提起，只会说那段时间极端又偏执，抗拒着所有友好，也拒绝所有关心，敏感又激烈。"我叹了一口气，"我总算学会稍微柔和点活了，常被人评价温柔、随和、暖男，我也更习惯这样活着，只在我愿信任的人面前表现出我偏执、极端、倔强的一面。"

"可，信任的人总是会越来越少。"

"这是最可悲的，但也是最安全的。所以啊……我和你一样，也想逃，只是，我没你勇敢。"

逃？谁不想逃呢，二十出头的年纪，一切都显得那么渺茫，时而像打了鸡血般，对未来满怀信心；时而又像被泼了冷水般，对生活都失去信心。我低下头，回想这些年的荒诞岁月，可我没勇气像他们那样，想要逃时，便真的逃了。

然而我更是明白，他们并不是逃脱，而是逃亡，最终从一个牢笼逃向一座监狱，永不停止。

"我男友给你打电话了吧？"

"嗯。"

"你怎么做的？"

"挂了。"

她看我，饶有一番兴趣，重重拍我肩膀，哈哈大笑，笑得花枝乱颤，说："干得漂亮！"

我陪她大笑，站起身，说："你不是第一个跟我说退学的了，你知道我那个朋友之前和我说过什么话吗，虽然挺粗鲁，但也挺有道理。"

"什么话？"

"他说啊……这世道挺不好的，但有什么办法，你只能好好活下去。"

"啧啧啧，真不像你们说话的风格，你们都那么文绉绉的。"

我也笑了，可惜酒喝完了，不然我真的挺想敬多多一杯。

幸福没有捷径，只有经营

几天之后，我便听说了多多退学的消息，我没有和她联系，本来就是萍水相逢。我挺介意交浅言深的，这是件很幼稚也很危险的事情，但我和多多运气都还不错，遇上了言深后便交深的人。

我想，多多就是这样的女孩子——

若她跌倒了，她不希望有人靠近自己，也不希望别人试图扶起她，她不愿任何人看到她狼狈的样子。她会紧咬牙关，从泥浆里奋力爬起，换一身干净衣裳，继续前行。

我和她很像，我总是这么说：我不需要任何人的理解。

因为我很早就明白，理解是虚妄，了解是灾难，理解与了解是这世上最奢侈的事情，我想我还没这份运气拥有这样的奢饰品，倒不如一意孤行、逆行而上。

更何况，我们都早习惯了道德绑架与双重标准的世界，越来越多的人拿着"假装了解你"的伎俩来逼迫你，说"我不理解你所以你是错的"，越来越多的人拿着"我在关心你"的伎俩去刺激你，说"你说出来就好了"。

如果是多多的话，我想她会说："收起伎俩吧，我很累，我没有一丁点儿心情去争执，你改变不了我，我也说服不了你，何苦去辩论。"

多多做出逃避的选择，是因为她的生活开始被侵犯，当她感觉到被侵犯时，她会选择用封闭来保护自己，但别理解错了，她不会做缩头乌龟，她会做一只蜷缩的刺猬，纵使已不能前行，我也不会任人差遣。

我时常想起他们。他们在多数人眼里是异类，他们渴望的爱情在如今社会还是不容易被接纳的，迫于现实，他们开始所谓正常的恋爱，然而，这是一种折磨，我见识过他们的痛苦。

我以前也不了解他们，对他们很是好奇，甚至是耻笑，然而接触他们后，我才明白自己的观念有多么可笑。我只能祝愿他们活得开心，活得更好，也希望，周边人看他们的眼神能变得正常起来，请接纳他们，他们也有追求自己幸福的权利。

多多在我眼里，永远是那个美好的女孩子，与性取向无关。

今天的上海，下了很大的雨，我撑着伞，在人群里穿梭，看人潮涌动，也看世间百态，有的女孩子光彩艳丽，有的女孩子满脸黯然，有的女孩子与人相拥，有的女孩子独自行走。

我庆幸我认识很多美好的女生，在她们身上，我学会如

　　　　幸福没有捷径，只有经营

何成为更好的男人。

如果你在看这段文字，如果你是女孩，我愿你活得精彩丰盛，在日渐浮躁的时代里，仍旧活得精致，独立又温柔，哪怕这世界曾伤害了你，哪怕你也曾在深夜里痛哭，你也会在次日清晨笑得更灿烂，柔软他人过于坚硬的心。

如果你是男孩，我愿你照顾好身边的她，无论她是否依赖你，她是否温柔，你绝不能做主动伤害的人，上天让你成为更强壮的那一方，你便要承担起责任。如果你的她还未来到你身边，请耐心等待，be a better man。

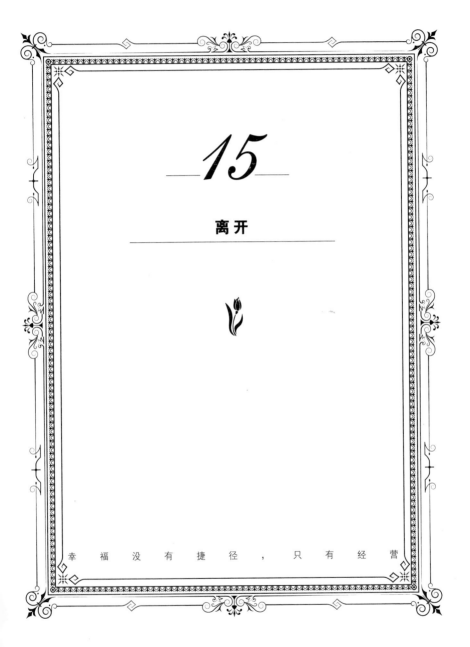

15

离开

/ 1 /

陆琦在出国前，理所当然地跑到我这儿住了几天。

"你睡沙发，我睡床。"

我无奈地打量路琦，她甩下行李，看都没看我一眼，理所当然地丢下这句话。

"喂，我说……"

"搞啥啊，你家怎么这么热，空调都舍不得开？还有，哪儿可以洗澡？"

她还真没把自己当外人。我苦笑，看她嘴巴一闭一合，忽然间觉得很亲切——这么多年了，还是一样啊。

一样风风火火地要求你立即出现，一样防不胜防地让你帮她忙，也一样不由分说地自作主张，完全不考虑别人感受——或者说，她也习惯性忽略我的感受了。

我笑，替她拎起行李，领路，边走边说，"我也刚搬过来没多久，租来的房子你还指望客厅有空调？话说回来，这可是我的地盘，凭啥我睡客厅沙发，你睡卧室的床？"

"凭你是我女闺密。"

"是男闺密。"我纠正，"不对，是男性朋友，鬼才要当男闺密这种奇葩生物。"

"反正我从没把你当成男人。"

"手动再见，"我放下行李，自觉抱起枕头，"既然把我当女人了，为何不能睡一张床？"

"哼，你以为我不敢？小瞧我。"

"你就不怕我对你做什么？"我坏笑。

"就你？"

"不对……我怕你对我做什么。"

"得了吧！"她不屑地笑笑，我也摇摇头，抱着枕头往外走。忽然，她一把拉住我。

"干吗？不要有什么非分念头！"我故作惊恐状。

"去！"她笑，朝我伸过手，"枕头留下！"

在唯一的枕头也被无情夺走后，我站在没有空调的客厅里盯着被关上的卧室木门，满脸怒气，愤愤不平地握紧拳头，然后……乖乖躺倒在沙发上沉沉睡去。

她叫路琦，是我初中同学，认识十几年了，自关系从高三起开始密切后，她对我如此"恶劣"态度便愈演愈烈。中学毕业后，我们生活在不同城市，处在不同圈子，这么多年来，理应两人应该慢慢老死不相往来——

无数中学时代的死党和挚友都是这样被距离和时间拆散的。然而，我和她虽是聚少离多，可直到大学毕业多年，关系也不曾冷淡。

我常常做的事情，就是向她安利我喜欢的歌手、作家和电影，其中，只有一半成功，例如她到我住的地方时，我给她再度安利三毛——

"大地，我来到你岸上时原是一个陌生人，住在你房子里时原是一个旅客，而今我离开你的门时却是一个朋友了。"

我捧起三毛的《万水千山走遍》，读了其中的句子，路琦完全没有反应，我和路琦推荐过无数次三毛的书，她也象征性地看过几篇，在她快要爱上三毛时，她听了三毛生前的一个录音，和我说——

"不喜欢，没我想象中那么优雅啊。"

我险些掀了桌子。

/ 2 /

我们偶尔向对方聊起自己的感情生活，她最念念不忘的，莫过于前男友Nate的好与坏，例如她想听歌或者看电影了，Nate会为她做一份详细的清单，甚至有他自己的评分；例如在凌晨两三点她疲惫不堪时，Nate常喝得烂醉不厌其烦地一遍又一遍地打她电话。

忘了说，Nate并不是《Gossip Girl》里那个金发碧眼的王子，他是印度尼西亚人，皮肤黝黑，貌不惊人。

八月的南方燥热难耐，我是被热醒的。我揉着惺忪的睡眼，满头大汗地从沙发上艰难爬起来。

"醒了？"路琦站在不大的餐桌前，扭头。

"嗯。"我含糊地应着，扫了眼桌子，惊讶道，"别告诉早餐是你做的？"

"怎么？不可以啊？"

"我怕会被毒死。"

她白了我一眼，"最佳损友"用来形容我和她是最为恰当不过了。我伸着懒腰，洗漱完毕后笑嘻嘻地坐到桌前。

"没想到，去了美国几年，你倒变得贤妻良母了。"

"哇靠，我在国内时就会做菜好不好！你忘了我十八岁生日时我亲自做的可乐鸡翅给你们吃吗？"

幸福没有捷径，只有经营

"嗯，忘了。"我郑重其事道。

她放下筷子，不说话，微微眯起眼睛瞪着我。和过去十几年来一模一样的表情。

"好了，"我笑，"你的事，你说过的话，我都会记得。"

她这才眉开眼笑，拾起筷子。我并不是在转移话题，这其实是我与她多年来的默契——事实上，我的确记得关于她的一切，她的星座和生日，她的兴趣和性格，她喜欢喝的饮料，她喜欢的宠物，甚至她的重要考试时间，以及每一次分别的日期。每件她的事，都了如指掌，每句她的话，我都记忆犹新。

路琦大学的专业是英语，毕业后她如愿以偿地考取了美国一所名校的研究生。我曾以为她真会干出曾经说过的荒唐话——找个有钱美国男人嫁了，只要能拿到绿卡就好。没想到，毕业后没多久，她还是回国了，干的第一件事情就是不由分说地抢占我的房间。

"味道不错。"

"那是。"她得意扬扬。

"不过，盐放多了。"

"哪有，"她惊叫起来，"你味觉有问题吧，明明刚刚好！刚好！"

果然，标准的狮子座女生，对她胸有成竹的事情绝不允许别人质疑。

"你来这里找我干吗？"我不想在这个问题上纠缠过久，转移话题。

"几年没见了，你没怎么变。"

"想你了呗。"

"扯，"我懒得理她，"说吧，哪天走？"

她愣住，停下筷子，抬头，说："你怎么知道？"

"我说过，你每件事情我都记得。"

她笑笑，掏出手机，递给我看。

"今天下午？"我讶异，"这么匆忙。"

"嗯。"

"那……什么时候回来？"

"应该不会再回来了吧。"

我沉默，她也沉默。两人都不再说话，气氛变得尴尬沉重起来，我俩之间出现类似的冷场还是很多年前了。

"我送你去机场。"

"嗯，"她起身，"我知道你会送的。"

/ 3 /

时间这种东西，总是那么长又那么短，长到你看不到尽头，短到你无端害怕，又总是那么快又那么慢，快到你做不好准备，慢到你无由地担忧。半天的时光稍纵即逝，我替她拎着行李，扛到车的后备箱里。

她坐上副驾驶，我发车，两人依旧不语。在沉默中，她忽然笑了起来。

"笑什么？"

"没啥，想起以前的事情，"她摆手，依旧笑，"那时我不是总怀疑你是Gay吗，你却一年换一个女朋友，所以我总说，你是还没找到适合的男朋友，所以找的一直是女朋友。"

我险些将油门踩成了刹车，两人都笑了起来，气氛总算不再那么尴尬。我忽然想起很多以前的事情，路琦几乎知道我的每一段恋情，而我对她的恋情，却只是略有耳闻。

大学时，我曾迷恋一个女生，在寒假时，恰逢情人节，正值年少轻狂的我，总爱做一些浪漫出头的事。

我问路琦："你说，情人节那天我飞到她家那里，去看她怎样？"

"挺好，我最爱看我身边的朋友犯贱了。别到时去了后，发现她在和别的男生过情人节就好。"

我被她说得哑口无言，她总是这样说话带着刺，让人又痛又痒。

"想什么呢？"她提高音调，"你再这样发呆开车迟早会出车祸的。"

我这才缓过神，说："没啥，就是想到以前的一些事了。"

"哦。"

"路琦。"

"怎么了？"

我这样互相郑重地称呼她名字是极为罕见的，我双手握着方向盘，眼睛盯着前方的路况，说："说说你的感情故事吧，我这么了解你，却唯独对你感情这一块，了解甚少。"

她扭头，望着我，点了点头。

/ 4 /

路琦并不是一个多么坚强的女生。和绝大多数狮子座女孩一样，外表骄傲，有些虚荣，让很多人都以为无比坚硬。人们往往不知道，玻璃也是坚硬的，却那么易碎。

Nate是来中国的交换生，喜爱摇滚乐，来到中国没多久，就组了一支乐队，常去酒吧驻唱。她和Nate在社交网络上相识，两人相见恨晚，在无数次彻夜长谈后，两人决定见面。

很快，路琦和Nate确定了情侣关系，开始了长达一年分分合合的异地恋——两人并不在同一个城市上大学。

　　　　　　　　　　幸福没有捷径，只有经营

路琦常常坐十个小时的火车去找Nate，Nate也骄傲地带着她去见他的朋友，去看他的演出，甜蜜地让路琦以为真可以这样天长地久，虽然路琦比任何人都清楚，他们是不可能有结果的。很快，国籍和文化所带来的差异，还是让他们开始了不可避免的争吵。

我记得那段时间路琦的患得患失，她和我略微提起过，她开始担心Nate不在乎她，她开始会因为Nate没回她短信而心烦意乱，她开始对Nate进行质问，再吵架，再冷战，再和好，反反复复地互相折磨。

我坐在车上，一语不发，听她说她和Nate的故事。

路琦又一次坐十个小时火车去找Nate，到达时，火车站下起了大雨，没有人接她。路琦站在火车站旁的餐厅门口，冷得瑟瑟发抖，她望着天空，一遍又一遍地给Nate打电话，一遍又一遍地被挂断。

她红着眼睛，冒雨在风里打车，去他所驻唱的酒吧。Nate看见路琦时，是诧异的，他铁青着脸，把路琦拉出酒吧，两人在雨里用英语争吵着，引起无数人围观。Nate终于忍受不了路琦，痛斥她的思想和观念，甩手就走。

后来的日子，都颠倒过来了，Nate一次又一次去路琦的城市去找她，坐十小时火车，只为见一面，看还有没有挽回的机会。可惜，直到最后，路琦和Nate还是不欢而散。

"完了？"我问。

"完了。"

"真没意思。"

"要和你一样闹得爱恨情仇到天翻地覆不可方休才行？"

她还是一如既往的毒舌和得理不饶人，我淡淡笑笑，说："还有什么，都说了吧。"

路琦点点头，轻柔的声音又一次不断地传来——

她说起Nate在酒吧里唱为她写的歌，她说起和Nate打车时她故意不说中文导致司机也以为她不是中国人，她说起Nate删了微信朋友圈里与她的合照，她说起和Nate单独在宾馆时想和她发生关系被拒绝的事，她说起分手后Nate送她到车站最后轻轻抱了抱她，她说起后来她又坐飞机去Nate的国家与城市找他……

路琦和我说这些时，语气异常平淡，像是在说一件与她自己无关的事情。她的叙述逻辑非常混乱，也很跳跃，可这并不影响我理解这个故事——这是我们十多年来的默契，我知道她记忆差，逻辑差，中文差。可是，她的说话风格，她的思维跳跃，她的言谈举止，所有的一切，在我眼里都是那样明了简单。

因为，我是最了解她的人。

终于，她停止了诉说，我将车停在路旁说："等我回来。"

幸福没有捷径，只有经营

她点点头，望着我离去。很快，我回到了位置上，随手丢给她一个紫色的盒子。

"生日快乐，"我发动了车子，"我记得你生日是八月十五日，还有九天呢，不过……我再不送礼物恐怕就来不及了吧。"

她点点头，说："嗯，你还欠我一份二十岁生日礼物。"

"你真记仇，"我白了她一眼，"听清了路琦，虽然你真的很多时候都很烦，但是……还是和以前一样吧，就算有时差，你也可以任何时间来找我帮你写东西，或者问一些奇奇怪怪乱七八糟的问题，我会帮你。还有，不管你到底结不结婚，还是要不要当丁克族，我都希望你不要再去和一些神经病谈恋爱，你自己就是个神经病，还找神经病怎么被人照顾啊。最重要的是……"

快到机场了，我放慢了车速，也放慢了语速。

"最重要的是，在国外，你可遇不到像我这么好的人了。"

她说不出来话了，我比任何人都清楚，她虽然毒舌，虽然虚荣，虽然拜金，虽然崇洋媚外，虽然看起来比谁都坚强，但总是一不小心就感动到想哭的，也是她，她从来就不坚强。

　　我很少去参与一些关于告别的场合，那样的气氛会让我觉得尴尬难堪，我害怕一句"再见"真的就会再也不见，更害怕一句"珍重"就会后会无期。在岁月的残忍洗涤中，很多人都对告别逐渐麻木，然而我不是——

　　你来，或不来，我都会存在，因为，有些人，只能这样去守护、祈祷和陪伴。

　　"我就不送你进去了，"我停下车，笑着看已下车的路琦，说，"一路平安。"

　　我想，她新的旅途、新的故事，要开始了。

　　我知道，没有什么能比站在陌生城市街头看车来车往的夜晚更迷人了。孤独随时会吞噬你，你也愿意去拥抱孤独。

　　世上最有趣的，便是城市与人了，走一座座城市，看一个个人，像贪恋咖啡与酒，总是在清醒和微醺中徘徊。

　　温馨，迷离，浪漫，疲惫，宁静，喧闹，忧虑。

　　谁都曾想跨越万水千山，环游世界，用近乎贪婪的眼睛看尽每一寸风景，用永不疲倦的腿走遍每一处角落。

　　旅途，找寻曾经丢失的自己，抑或是逃避怕面对的现实，狼狈不堪，或者是欣喜若狂。穿越了人山人海，在异地他乡，一支笔，一张明信片，再越过星辰与尘埃，这可能就是就是传说中旅行的意义吧！

路琦和我分享过很多她的旅游经历——

有台北的夜市，花莲的港口，高雄的美丽岛捷运站，垦丁的白沙湾。

还有迪拜的奢华，沙迦的巴扎，华盛顿的博物馆，首尔的秘苑。

她看过马尔代夫的海岛，体验过斯里兰卡的狂野，穿越过波士顿、费城的街区，还听过尼亚加拉大瀑布的咆哮。

她并不是富有的人，然而，爱旅行的人，仍是富足的。

步伐能走去的地方，永远跟不上思维在脑海里跳跃的速度，文字能表达的情感，永远追不上思绪在内心里奔腾的迅疾。每个人都是写故事的人，是故事的主角。

以后的生活，像一场裁剪后的折子戏，等路琦翻阅。

她看了我一眼，笑笑，从书包里掏出一本书，冲我挥挥手，转身，离开。

那本书是——

《万水千山走遍》。

16

别把爱变成了
伤害他人的匕首

在如今，爱情早已不是信仰，若有人将爱情当信仰，千分之一得万千宠爱于一生，幸福终生，千分之九百九十九活得如同蝼蚁，百般煎熬，也百般被刁难。

我们每天都在说"爱"，爱到最后却爱成了傀儡。

有人是爱情的傀儡，沉沦其中自甘堕落与相互折磨。他们把爱情视作人生中最重要的东西，不顾一切，飞蛾扑火，最终烧成灰烬，之后会醒悟后悔不已。

有人是物欲的傀儡，爱情不幸成了他们的遮羞布，遮掩他们的丑陋、肮脏与道德败坏。人生是有多不幸，连承认自己欲望的勇气都没有，把爱情当作全部的挡箭牌，掩盖所有不堪入目和万人指责的欲望所带来的原罪。

欲望从来都没错，是人类本性应该追求的东西，而往往的不幸在于，太多人把本纯洁美好的东西当作欲望的皇帝新衣，将纯洁美好玷污上一层油垢，也怪罪于本无辜的欲望。

我早已坦诚相待，我只爱纯粹的人。

你若纯粹善良，我与你一起温柔对待这个世界，看世间百态，即便冷暖自知也始终胸怀善意。你若爱物欲纵横，我陪你一起及时行乐，人生苦短，追求短暂快乐也不失为一种活法。

但……

若活得虚伪，不敢承认自己的阴暗面，反而会牵扯上本纯洁的事物，让一切都变了味道，连赤裸裸的欲望都要被镀上一层金，不那么纯粹，也无法再让我热爱，让我剖心对待。

像傀儡般活着，永远不算活着。

哪有那么多的爱与不爱，最怕是明明爱，却因世俗眼光被猪油蒙了心，亲手将爱送上刑台，涂抹上肮脏，切割下灵魂。更怕是明明不爱，却怕被抨击被嘲讽被众人追打，总要为自己龌龊不堪的举动套上爱的名义。

而这侮辱了爱，也侮辱了欲望。

太多人活成了傀儡，还死撑着不承认。谁都有不承认的理由，但众人更有揭穿的权利。

我们每天都在说爱，爱到最后爱成傀儡，被真情实爱所束缚，被虚情假意所捆绑。哭，笑，静，闹，都不再是你的本心，你只是个傀儡，被人操纵。

睡觉吧，傀儡，你挣脱不了那根看不见的线。

若你还爱，

若你还虚情假意地爱。

大学时，我听过一个同学这样哭诉道——

"我对她那么好，给她做饭送餐，为她逃课，带她去想去的地方，通宵不睡为她准备生日惊喜，可为什么……我做到这样无私了，很多人都说我的行为很让人感动，可她为什么还说我自私？"

我陪他喝了几杯酒，但没有告诉他，"很多人"所看到他的所作所为是这样的——

他删掉她微信通讯录里绝大多数男生，他不允许她晚上出去和闺密玩，他不同意她参加有男生的聚会，他甚至将他做过的每件事都挂在嘴上，然后要求她也这么做。他形容自己的爱情可歌可泣，他说爱情是值得歌颂的事情，即便失去了也应该成为一曲挽歌，永远纪念。

可怜的他永远不明白，他所歌颂的爱情除了他以外，包括他口中的"很多人"，都觉得一文不值。

别把爱变成伤害他人的匕首。

因为爱，所以要求对方必须做出改变；因为爱，所以变成你是对的对方是错的；因为爱，所以一定要对方也给你同等甚至更多的爱；因为爱，所以不允许对方做你不喜欢的事要对方做他不喜欢的事啊。

不，这不是爱，这是无法克制的控制欲，是道德绑架与双重标准。

小时候读书时，常有人把教师比作"园丁"，我们接受着这种不恰当的比喻长大，同样的比喻还有：爱情是无私的。

所以才会有上文的女生号啕大哭，男生无助哭诉，他们都以为自己很无私，都认为他们的爱情应该像经典诗歌般代代流传，万人歌颂，殊不知，是转瞬即逝，无人惋惜。

每一个谈过恋爱的朋友都明白，我们在恋爱中或多或少都有些自私，例如口头说"没关系"但各种不愿意对方和异性单独相处。例如明明知道对方工作繁忙但还是忍不住想让对方陪伴，例如在缺乏安全感时明知不应该但还是想看看对方手机里的信息与照片……

所有人都期望有一个无私的伴侣，但产生这种期望不就意味着自己有一些自私吗？在爱情里，有一些自私没什么，相反，只要不过度，会显得可爱。

如果真有一场爱情，双方礼尚往来，如外交官般客气又算计，全然不在乎对方做了什么、看了什么、吃了什么，无

　　　　　幸福没有捷径，只有经营

所谓对方在做什么工作、有什么爱好、晚上和谁去见面，这样的爱情看起来无私，但……能被称作爱情吗？

我常说，即便相爱，双方也都是独立的个体，不应该过分被捆绑，但不是说双方不该被捆绑。在恋爱关系里，尊重对方的隐私、社交、爱好与独立性是极为重要的。不过，在尊重的同时，无伤大雅的吃醋、任性、耍脾气和胡思乱想会让这份爱情更具甜蜜感。

因为我们还爱啊，所以才会这般在乎啊，才会口头说着"你晚上出去玩没什么的，不用跟我汇报"，心里却会嘀咕着"对方是谁啊，是男是女啊"。

爱情从不值得被歌颂，因为它是自然而然的存在，它很美好，很纯真，它是人类与生俱来会去追求、会去维护的事物，与吃饭喝水呼吸般，它是我们骨子里的东西，缺失了便不完整，如果非要歌颂它，将它拔高到一个如同烈士保家卫国的高大境界，大多数平凡的人就会选择敬而远之。

爱情不应该是如飞蛾扑火般的隐忍、牺牲与惨烈，很多人常说，爱一个人，要隐忍对方的缺点，要为对方做出牺牲，并随时做好万劫不复惨烈后果的心理准备。可是，连爱情都要变得如此痛苦不堪，世上还剩下多少甜蜜值得我们品尝？

相爱首先是"相"，它是相互的，一场好的爱情应该是相互陪伴、相互支撑、相互理解、相互付出，任何一方单方面无休止的奉献都不能称之为"相爱"，只能被称为"单相思"。自然，在某些时刻，爱情需要有人做出牺牲，但这份牺牲是需要配得上这份爱情，痴男怨女的牺牲往往带来的是百般折磨还没有令人幸福的结果。

真正为爱做的牺牲，是双方都理解并且珍惜的。你做出的牺牲，是为了这份爱情开花结果，而不是把这份爱送入地狱，对方做出的牺牲，会让你觉得心疼而不是觉得理所当然。

爱情并不需要被歌颂，过分渲染的事物往往会变得遥远，像墓碑，像极光，像星辰，像沉船，爱情是近在咫尺的事，它值得被我们呵护，被我们珍惜，但不要用歌颂将爱情变得索然无味。

17

你爱她，你会包容她的所有缺点

林宥嘉有首很红的歌，里面这么唱——

"我好久没来这家餐厅，没想到已经换了装潢，角落那窗口，闻得到玫瑰花香，被你一说是有些印象。"

很久没做的事，很久没去的地方，其实忘了挺好，像王家卫说"念念不忘，必有回响"正是如此。

遗忘是件很幸福的事，我往往是太记得清每件事的细节，又有过剩的想象力在作祟，才会不想被揭穿一些事情，才贪恋遗忘。

我是写故事的人，活在故事里看故事，今天，我给你讲一个故事。

你或许讨厌女孩抽烟，可当你爱的女孩抽烟时，你会为她找千百个理由。

幸福没有捷径，只有经营

我之前的朋友圈，是有很多女孩抽烟的，她们都是我大学期间的朋友。在读本科时，她们兼职着清吧歌手、模特礼仪、酒吧小蜜蜂等职业。在我未接触她们前，和多数人一样有着极大的误解，以为她们轻浮、放荡和低俗。

当我接触她们后，即便我依旧不抽烟，即便我依旧不喜欢女孩子抽烟，但她们在我心中的形象却改观起来，有趣、美丽、生动的灵魂与肉体，她们像所有女孩一样，爱自拍，爱美食，爱逛街，爱看韩剧，她们又擅长化妆，情商极高，懂得怎么与人说话沟通，只是她们抽烟，她们喝酒，所以她们被误解，你却从未见过她们痛哭的一面和坚守原则的一面。

糖糖是我的同班同学，高挑美丽，开朗大方，典型的北方女孩，唱歌很好听，唱腔有些像田馥甄。大一军训时，宿舍里的其他男生便都提到了她，在军训结束后，所有班上同学去开班会领书，她便成了焦点——一名学长开车送她来教室。我大二喜欢的一个女孩叫小语，同样也抽烟喝酒，关于她，在后面会提起。

我就读的专业是城市规划，课业量非常繁重的专业，糖糖却从大一起就不怎么上课。当大一我傻乎乎地在学生会跑腿时，她在外面做礼仪，当大二我情伤过重开始各种喝酒度日，四处旅行时，她在酒吧做销售，当大三我开启学霸模式时，她在清吧做歌手。她总是穿着时髦的衣服，化着精致的妆容，在即将迟到时慢悠悠赶到教室，找最后一排座位。她在酒吧做销售时，常常喝得一身酒气，直接在酒吧散场后打车来学校赶着上第一节课——睡觉。

我在大二时和糖糖渐渐熟络起来，源于一项设计作业，我的几个组员中，就有糖糖。在软件课时，我就和他们包围在机房的某个角落，每次软件课都成了美食节，五六个人各种吃喝，我再在下课二十分钟前拼命作图。

糖糖从不忌讳在我面前抽烟，下课时，她总会起身，对我身边的朋友说："带火没？出去"。于是，几个人一块儿走出教室，他们抽着烟，我笑呵呵地陪他们聊天，老师每次看到我和他们那么要好，都会用一种诧异的眼神看着我——我每次也很无奈，我只是爱做设计，可不是什么好学生。

那时我痴迷的一个女孩小语，也抽烟也喝酒，她和我若即若离，暧昧不断，可这场爱情，注定会失败。

在我二十一岁生日时，我请所有好朋友去糖糖唱歌的清吧去，一晚上喝了一瓶洋酒和七十多瓶啤酒。那时我喝得有些多，和小语也有了一些纠葛，在酒精干扰下，我极度难受，躲在角落里，二十一岁的生日，结果我最孤独。我们喝到凌晨两点多才散场，之后的日子，陷入了惨淡的恶性循环，我始终挣扎纠结她到底爱不爱我。

　　　　　　　　幸福没有捷径，只有经营

一次软件课，糖糖和我聊起小语，她笑道："你和小语有什么吧？"我暗惊，点头承认，我说："我从来没有提起过这件事。"糖糖笑着说：你看她的眼神，傻子都能看出来，你和她说话，都能猜到你俩有什么。我诧异和敬佩于糖糖的观察力和情商，蓦地想起一句话，每个轻描淡写谈笑风生的人，或许那快乐背后都有不为人知的隐忍，可能糖糖也是。

在这之前，小语曾说，她喜欢的男人，一定要会抽烟。我得知事实的那夜，和几个朋友包括小语在一个宾馆里，她醒来后，我当着小语的面，取出她的烟，点燃，像赌气，说："哦，抽烟，谁不会？"小语看着我，有些不忍，只是说："你不会抽干吗抽呀？"

后来，太过年轻的我，还是跟小语纠葛不断，最后我得知事实后彻底崩溃，整个朋友圈也因为我的情绪波动变得不和谐，排斥起我来，屋漏偏逢连夜雨，那时，我和家人的关系也出现问题。在2014年的一月初，我在糖糖唱歌的清吧喝得大醉，人生第一次喝到在人前哭泣，那时，糖糖坐在我旁边。

我已经没什么理智，只含糊不清道："她抽烟，她烂醉，她人际关系烂，她没有什么下限，她的每一项我都讨厌，可我为什么总是那么没有底线地去对她好，迷恋她，总是不切实际地幻想会和她以后有什么。"

糖糖听我倾诉着，点燃一支烟，说："重点不是你讨厌女孩抽烟，是你喜欢的女孩是她，所以你才容忍她抽烟。"我醉醺醺的，听了糖糖的话，竟说："给我一根。"

糖糖取出另一根烟，点燃，替我吸了一口，让它燃起来，再递到我底嘴里，教我抽烟的技巧，很耐心，并说起了她在大一时曾迷恋一个坏男孩，像我一样天天纠缠不清没有安全感，也曾大哭大闹过。我从未反感过糖糖抽烟，她说完这些，烟也抽完了，轮到她唱歌了，她掐灭烟头，上台唱歌——

"你是魔鬼中的天使，所以送我心碎的方式，是让我笑到最后一秒为止，才发现自己胸口插了一把刀子……"

小语对我而言，就像魔鬼中的天使吧。那场大醉大闹后，我像变了一个人，理性绝情起来，和不少人都狠心断绝，那是另外一个故事了。而糖糖她依然常常逃课，依然笑嘻嘻跑来让我帮她做作业，也依然迟到被锁在门外时，老师熟视无睹，我会在众人面前去给她开门。

对小语，这一年过后，自然是越来越厌恶，也没有再联系，我也再没有抽过一根烟。如今大四，糖糖辞去了歌手工作，因为常常要熬夜，她身体不好，更重要的是，她这次爱对了人。她爱的人在北方，大她几岁，已经工作，模样帅气，不准她再熬夜，她也便听了话，从市区退了租房乖乖住到宿舍里，开始正常作息。

糖糖在我们专业，最初是经常被人误解的女孩子，可多数人和糖糖接触过后，都普遍欣赏起她，欣赏她的美丽、坚强和笑容。现在糖糖依旧抽烟，然而没有人再误解她，她只不过是不爱读书，其他都很善良。

我们所幻想的爱情，终归是幻想，我们所制定的标准，在遇到爱的人时都会崩塌。若爱对，什么都对；若爱错，什么都错，只是你假装是对。就像糖糖抽烟，丝毫不影响她的魅力，即便伴随着诸多误解，或许有一天，她会戒烟，可我们欣赏她和她戒烟、抽不抽烟没有丝毫联系。这就是岁月教给我们的智慧。

她爱对了人，在朋友圈发的不再是代购销售，而是秀恩爱的照片，照片里的糖糖美丽动人，男生高大帅气，我们称这是我们圈子里颜值最高的一对情侣了。关于女孩抽烟的事，正如糖糖所说：你爱她，便会为她的所有缺点想你所能想到的借口。

18

迷恋就像孤独，越陷越深

天好像黑了，现在几点，我忘了我睡了多久。

我口干舌燥，推开被子，睡眼惺忪，跌跌撞撞，朝房间内的茶几走去，在黑灯瞎火里摸着，一不小心，打翻了杯子。我苦笑，摇摇晃晃地去开灯，回身时，吓了一跳，温婉还坐在沙发上，她抬头看我。我站在原处，目瞪口呆，嘴巴张了张，却半天一句话也说不出来。

真安静，安静得让人尴尬，屋内只听得见空调嗡嗡作响的声音。

我咽了口口水，没和她说话，扶起杯子，抽了几张纸把茶几擦干净，将纸丢进垃圾桶，倒水，喝水。温婉依然看我，笑容还是如往常般温婉动人，像大姐姐看到没有生活经验的小弟弟冒冒失失打碎了家里的碗，安慰他说："我知道你是想洗碗，不用怕，没人会指责你的。"

我讨厌这种感觉。

又迷恋这种感觉。

温婉比我大半岁，是在新媒体创业交流会上认识的，那天她穿着得体的正装，上台演讲，我在下面听，入了迷，她的声音温柔甜美，妆容精致，举止投足间都透露着"优雅"二字，我想她是不是将生活过成了一首诗？

她下了台，我绞尽脑汁想搭讪的方法，未料她主动走向了我，说："你刚刚读的那篇稿子我很喜欢，像一首诗一样，我能跟你加个微信吗？"

落落大方的开场白，她的声音犹如悦耳的风铃在风中歌唱，把生活中的道理在你耳边娓娓道来，轻柔又不失稳重，清甜加了点俏皮。我慌了神，面红耳赤，手足无措，想好的搭讪词通通灰飞烟灭，支支吾吾道："好……好。"我笨手笨脚地掏出手机，扫她的二维码，加上她微信。

我喝着水，不知为何总回想起初见时的画面，心乱如麻。我喝完水，走到床边，坐下、低头，我听见她起身后衣服摩擦着沙发的声音，背包时包链微微作响的声音，高跟鞋与地板接触的声音。她……要走了。

她从我身边经过。

"别走。"我伸出手，拉住她的手腕，我说，"别

幸福没有捷径，只有经营

走……好吗？我的朋友……都和我绝交了。"

/ 1 /

"我们绝交吧。"

收到Tina的绝交微信时我在赶一篇重要的稿子，离截稿时间还有40分钟，我还剩1500字没写完，心急如焚。看到微信，我的心脏似乎停了一秒钟，我深呼吸，强迫自己冷静，将手机关了机，丢到一旁。

我奋力书写，倾注全部的情感，倾泻所有的不安，倾诉一切的委屈。距离截稿时间还剩三分钟时，我敲下最后一个字，保存文档，给编辑发过去。我起身，喝下半杯水，浇凉了整个身子，冰透了五脏六腑，然后我把手机开了机。

我扭头，透过落地窗看这座钢铁森林，玻璃幕墙投射着金钱的光芒，上海这座城市真的繁荣精致，会让人沉迷于物欲之中而无法自拔。

我看呆了，站在高楼上，俯视这座城市，只看得见奢华，看不见细小的尘埃。

已是夜里十一点二十六分，我终于做完了所有的事情，头昏脑涨，难掩疲惫，我把手机开了机，记得Tina的那条微信，我想：哪怕今晚不睡了，也要解释清楚。

"抱歉，这么久才回。很抱歉，也许是我平日里的冷漠态度让你觉得被冷落，也许是我有时候的苛刻尖锐让你觉得难以接近，但，你也曾接触过我的温暖，我想那是你最开始接近我的原因。如果可以，我希望找个时间见个面，我愿意让你再了解我一些。"

发过去，发送信息左边显示了一个感叹号，聊天页面显示——

"Tina开启了好友验证，你还不是他（她）好友。请先发送好友验证请求，对方验证通过后，才能聊天。发送好友验证。"

看着那条显示蓝色的"发送好友验证"，我苦笑，转手删掉了她。

信任这种最坚韧无比的东西，其实最脆弱不堪。像是一场不算精心编织的骗局，又如泥潭般温暖让人沉迷，沾了一身泥泞还嬉笑怒骂不知将窒息而亡。

这段时日来，我过得苦不堪言，每天夜里，我回到家，面无表情，倚靠着墙壁，站在黑暗里，不开灯。当微弱的光线从窗户里投射进来时，我常望着空荡荡的四面墙，紧贴墙壁，滑坐在地面上，掏出手机，翻动着通讯录，没有一个可以说话的人，也好，如今的我很害怕打电话。

我想起周星驰《逃学威龙》里的一个画面了。

幸福没有捷径，只有经营

周星驰在教室外的走廊上与狐朋狗友们嬉笑打闹，你推我搡，笑容灿烂，几个人撞过他，他背对了他们，撑着栏杆，低下了头，露出疲倦的表情，人群又一次袭来，他立刻换回"痞痞"的笑脸，与他们打成一片。

我第一次看见这个画面时便被触动，那时啊，我小学，便会心疼电视里那个人。后来，每当我想到"孤独"这个词时，我都会联想起这个画面。

沉默了好久，我想起了温婉，在生活里，她像个温柔的大姐姐，总让我感觉被治愈。我颤抖着，拨通了她的电话，好久好久，她都没有接，她总是这么忙碌，在我想要挂断时，电话接通了，她柔软细腻的声音传来——

"怎么啦？没想到你也会打电话啊。"

温暖像是颗石子，丢入了我如一潭死水的心，涟漪荡漾开来，我笑着说："没事……好久没见了，能来陪陪我吗，我……低血糖犯了。"

/ 2 /

我想起很久以前了，我总是吵架后先示好的那个人，永远想息事宁人，后来我慢慢知道自己要做的事情，尽量克制自己的情感，学会不动声色，情绪不再波动，再然后，我把大家都推开了。

其实我不想刺伤任何人。

但还是刺伤了人，我想我就是一只刺猬，攒起来，本想自我保护，一不小心，将试图靠近的人刺得鲜血淋漓，我顿悟，施展开身体想用柔软的一面拥抱对方时，才发现，他们都害怕地跑走了。

我只能再蜷缩起来。

我和温婉相处的过程也是如此，我很想信任她，又害怕信任她，我在过去很长一段时间里，都像是中了魔咒，每当很信任谁时，一定会被那个人伤得遍体鳞伤。

某个争吵的下午，她对我说："你总是这样把人一遍遍推开，我可以去理解你啊。"

"我不需要你的理解！"我拍着桌子，冲她吼着。

话说出口，我就后悔了，我想，我又要失去一个朋友了，我总是这样，装作无所谓，把身边的人一个个赶走，看似潇洒地活，再一个人躲在角落里孤独舐舐着伤口，咬碎了牙也要死守着骄傲，不肯让别人看到我狼狈的一面。

出乎我的意料，温婉依旧在安抚我的情绪，她说了很多很多，约我明天中午再见一次面，她说："你说的那句'我不需要你的理解'，我就当你在撒娇，我没有听见。"

翌日中午，我们约在一家不起眼的小餐馆里，不像温

幸福没有捷径，只有经营

婉平日里爱去的文艺餐厅，她看着窗外，说："我之所以带你来这啊，是我刚来上海时，公司就在这家餐馆旁边，公司刚成立，十几个人很苦的，天天加班到凌晨两三点，好几个人都忍受不了回家了。我那时在下班后，总会到这里来，吃一盘饺子，虽然累，但我回家睡觉前还坚持看书。带你来这里，分享下我那时的时光啊。"

温婉说起她大学时的恋爱，男朋友和她赌气，把她做的饭扔到了地上，温婉不生气，蹲在地上，把撒落一地的饭一点一点捡起来，男朋友看着看着，就心疼了，不再冲她吼，蹲下来，和她一起捡。

我一直以为，面对世界的恶意，只能用坚硬去对抗，哪怕鲜血淋漓也不能做一点儿让步，我听着温婉诉说她的故事，才知道，原来对抗世界的方式也可以如此柔软。

/ 3 /

我回想着这些场景，心悸的症状更加严重，这次低血糖发作未免有些厉害，我苦笑，等着温婉过来。

下班前，低血糖发作，耳鸣几乎要轰炸了脑袋，连笑与说话都是勉强的，我担心会被人误以为我是在生闷气，每次低血糖发作时，脸色铁青得都让身边人不敢与我说话。

我出公司，下电梯，乘地铁，走路，回家，开门，关门，摘隐形眼镜，脱鞋与外套，倚靠着墙壁滑倒，宛如虚脱。像每次我在公开场合说了很多话时，退场后，我只想一言不发。

我发了疯般写着稿，错过了和Tina和好的最佳时机。终于，我发现我在拼命奔跑时，失去了太多。在等待温婉来的这段时间里，孤独好像潮水，瞬间吞噬了我。

我很享受孤独，大部分时间我都爱一个人待着。不过，突然很疲惫时，孤独就成了一把刀。

孤独到底是怎样的一种东西？是一个人坐在房间里，听着要干翻世界的摇滚乐，翻着一页页书，突然想找个人聊聊天，翻了翻手机通讯录又叹气放下？还是和一群人在花天酒地，配合着敬酒、劝酒，再一饮而尽，看着热闹非凡的景象，满心疲惫总觉得再怎么入世还是觉得格格不入？

在快要窒息时，我听见了门铃响，我用尽最后一丝力气，挪到门前，开了门，看到温婉的笑容，我也惨然一笑，轰然倒地。

等待醒来时，她……要走了。

她要走了，我怅然若失，看着她从我眼前走过，内心像被一千根针扎过。

"别走。"我伸出手，拉住她的手腕，我说，"别

幸福没有捷径，只有经营

走……好吗？我的朋友……都和我绝交了。"

"傻瓜，别闹。我要走了，赶飞机呢。"温婉笑着，"要照顾好自己，下次累晕了，可没人救你。"

我抬头，看妆容精致的她，舍不得的情绪在心中弥漫，我站了起来。

"我想你并不了解我，也不理解我。虽然，我也从未给过你了解和理解我的机会。我需要我的生活是99%的理性，1%的感性，我的态度是99%的冰冷，1%的热血，我的内心是99%的坚硬，1%的柔软。你所不理解我的99%，都有你所看不见的1%让我始终坚持着。我知道你看不见。我也知道，你看不见我有多失落。"我浑身颤抖，抱住温婉，"可是，你不明白，我多愿你能看见那1%啊。"

我讨厌这种感觉，我讨厌我脆弱的一面毫无保留地暴露出来，可我没有办法，面对温婉，我就卸下武装，变回了十六岁的少年，渴望爱，害怕爱，渴望被爱，害怕被爱。

"如果我刺伤了你们，我愿意接受所有的谴责。我活得越来越像刺猬，我不知怎么描述这是我如今最适合的活法，只是……只是……我还是希望啊，希望离开我的人，在痛斥后，在嘲讽后，在说出每一句难听的话后，用一分钟，站在我的角度，试图理解我一次啊。"我抱得越来越用力，声音越来越失控，"温婉，你别走，别走，我已经赶走太多人了，我对每个人说你要走就快些走，走了有种就别回来见我。后来……他们全走了，真的就不再来见我了。你知道吗，我越来越觉得自己活得像个残缺的人，我一直在找那个能让我完整的人，我想……会不会是你。"

"傻瓜，当然会是我啊。你要信任我，我也信任你。"

我活得太坚强，也活得太理性，情绪崩塌时，犹如洪水淹过大坝，摧毁城池，我想起很久前的一个画面——

温婉坐在我的左侧，我恰巧拿着刊登我文字的样刊，她翻阅着。她说："我总觉得，写字是一件很美好的事，写字的人内心都是拥有力量的。"

轻描淡写，普通的环境，我觉得这样的画面太过美好，侧颜，微笑，出其不意的一句话，便能击中我内心往往没人能够触及的那一面，我想我永远也忘不掉这个画面，我那时想要拥抱她，又不愿太鲁莽。

我小心翼翼地问："我可以抱你一下吗？"

"可以啊。"她伸开双臂，轻轻抱了下我，我惊慌失措，红着脸，问，"你不会觉得我占你便宜吗？"

"没看出来，你还挺大男子主义啊，为什么是你占我便宜而不是我占你便宜呢？"

我脑海里回想着这些场景，如今紧拥着她，害怕她走掉，我生命中已经走掉那么多人了，我总是死要面子不肯挽回，我

幸福没有捷径，只有经营

害怕到最后，我真的孤身一人，挥霍总是会得到报应的。

我也许只会在自己病倒时才会情绪彻底释放，迷恋就像孤独，会越陷越深啊，我只是不敢承认，我迷恋被人关心的感觉。

/ 4 /

生活还是要过，温婉最终离开了上海，回到了她的城市，我想念她。周末，我读完她推荐的《悉达多》，终于读懂了她为何能在如此糟糕的日子里还能这般优雅地过活。

日子还是要过的，我渐渐忘掉所有的不愉快，谈好了跳槽，订好出去旅行的机票，在旧工作的最后时光里，我认真做好手头剩下的所有事情。

在和同事讨论我要的海报该怎么做时，我轻言轻语、有条不紊地表达了我所有的建议和想法。忽然，我愣住了——

这不是温婉的说话方式吗？

我又想起那个画面。

她坐在我左侧，我恰巧拿着刊登我文字的样刊，她翻阅着。

温婉说："我总觉得，写字是一件很美好的事，写字的人内心都是拥有力量的。"

轻描淡写，普通的环境。我觉得这样的画面太过美好，侧颜，微笑，出其不意一句话，便能击中我内心往往没人能触及的那一面，我想我永远也忘不掉这个画面。

这个画面是有后续的，那时，我低下头，不敢看她，边走边说："其实最开始并不是这样的。写字的人，内心最开始通常是敏感脆弱的，因为他们太容易看到世界上不易被发觉的阴暗角落，他们会暗自怀疑，会惊慌失措，会无能为力，过了这个阶段后，写字的人看似坚强了，可又会陷入愤世嫉俗的僵局，甚至让人无法接近。只有迈过所有，到最后的阶段，才是内心拥有力量的人。"

我们已走到了电梯，她笑着听我说完，点头赞同。

让我想想怎么描述。

大概是这样：我写了一篇特别棒的小说，好到我不知如何命名和简介，也离奇倒没什么人愿意去理解它有多棒，突然有个人捧着这篇小说，一字一句读完，笑着写下书名和简介，恰巧，是我想要的但却是我不知道的。

我一直都在写，疯狂地写，自我折磨地写，从不知如何定义为何要这样写。她只是聊聊天，只言片语便让我顿悟：我在这个过程中，变得内心远比多数人拥有力量，才能如此不断书写。

我想，也许是那个时候，我开始慢慢改变的吧，即便我不愿意承认。

　　　　　幸 福 没 有 捷 径，只 有 经 营

让我特别沮丧的是——

我到现在，还是发现，我必须在柔和的外表下披满一身刺才能活下去，我找不到可以替代它的生活方式。我想要真正的柔软去抵抗披满刺的世界，但最后演变成硬碰硬，我总认为鲜血淋淋后能换来更好的生活。

我常在想，如果是温婉，她会怎样对待这个坚硬的世界啊！

我想破了脑袋也想不出，说到底，我还是不够了解温婉。这又是一件让我沮丧的事。冷淡如我，薄情如我，怎可以想去了解一个人？更为沮丧的是，我真的想要去了解。

我想，也许是从想要了解她时，我开始改变的，真不想承认，自己会被影响，会羡慕、喜欢甚至模仿别人的生活方式。那不是我啊。我不是那个"一定要用自己的方式去改变什么、影响什么的人"吗？

理解又是多么奢侈的一件事，我做过很多很多匪夷所思的决定，是在很多年都不被理解的情况下成长到如今，久而久之，我便不需要理解。我总是因为迫切想要了解一个人，才会渐渐在潜移默化中被改变。

我想去了解她啊，我会认真听她说的每一句话，哪怕是赌气对她说狠话，我也想要记住她说过的所有话。我想记住她的每件事啊，总希望能了解她有过怎样的经历，才会让她成长为能影响我的人。

我会把温婉推荐的书翻了一遍又一遍，我会在不算太多的聊天次数中，记住她每一件喜欢的事情，然后我再去慢慢去琢磨、去了解，我试图像她那样活，把生活过成诗。

我回想起这段时光，虽然，我曾给很多人解决过忧愁，也有很多人因我而被治愈。但如今，有更多更多人对我说：你的文字风格虽还是那么有强烈的个人风格，但不太像以前了，以前你的文字阴郁的部分更多，如今，更为温暖了。

到底是什么时候开始转变的？

我想，是从认识温婉开始的吧。

从认识她开始，我开始慢慢转变。我会被越来越多人喜欢，运气好的话，也许会多几个人理解我。我也会越来越变成我所期待的样子，像如今这般只做喜欢的事，也不像如今这般只存活在自己的世界里不理会他人。

我想，我并不是转变，或许是我本来样貌里应有的东西恰巧被温婉再一次唤醒吧！真不想承认啊，温婉说过的话、做过的事，她的生活态度和待人接物的方式，都慢慢影响了我。

我总是为人解忧，终于，有个人，会为我解忧。

我打开微信，想加回Tina，忽然，发现有个好友申请——

"我是Tina，你还欠我一个故事，可以为我解忧吗？"

我笑着，点下了通过。

幸福没有捷径，只有经营

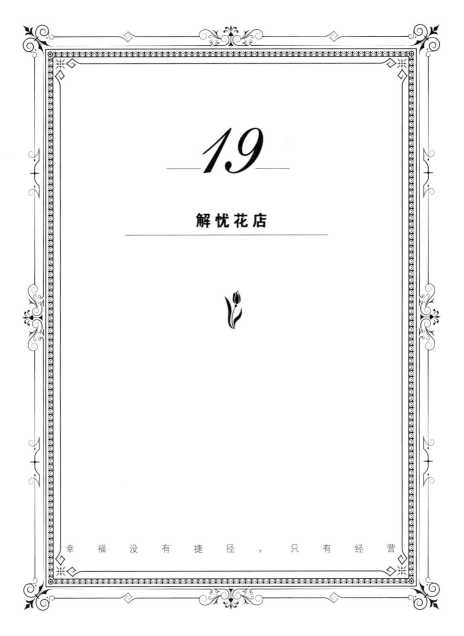

19

解忧花店

幸 福 没 有 捷 径 ， 只 有 经 营

Tina站在我眼前，冲我得意地笑，她知道，我们永远会是朋友。

总会有这样的朋友，绝交了数次之后，我们依旧是朋友。我们去了张旷的"空旷"音像店里看碟，去了严默的"简厅"咖啡屋喝下午茶，晚上，又去傅晓薇的"麦乌"清酒吧喝酒。

我想，我们再也不会争吵了吧。

"我想我理解你了，Tina。"我开门见山。

"嗯？"

"我刚来上海时，认识了一个姐姐，她是奢侈品商场的销售主管，常常会在朋友圈发一些好看的衣服。有一天，她晒了男生外套，那件外套真的很好看。"我深吸一口气，直视她的眼睛，说："后来，我在朋友圈下面问，姐，这件衣服多少钱啊，我挺喜欢的。姐回复我，弟，我明天告诉你。我在想，大概几千块吧，咬咬牙，用一个月工资买下来，也没什么。第二天，那位姐姐给我发私信了，说，弟，这件外套三万四。"

Tina轻笑了一声，左手仍握着酒瓶，右手捂住嘴巴，眼睛笑得弯弯的。

"你很清楚我啊，我从来都不是什么特别追求物质的，也没觉得追求奢饰品是件错事，不同阶层的人有不同的生活。那天，我看那条微信，好久没有说话，我从没有说过，我想要买很多大牌来炫耀，我只是单纯觉得，那件外套很好看，我想穿一穿，可代价是我当时半年的薪水。"

"你后来……怎么做呢？"

"我很尴尬，回那个姐姐，说，哎呀要是少个零我就买下来了。姐姐回了个偷笑的表情，说弟弟加油，有一天你会买它们像买某库一样轻松。"

"嗯，这一天，会来的。"Tina看着我，笑，"你写了那么多故事，该写一写我们的故事了。"

我知道，我还欠Tina一篇故事。

/ 1 /

一年前。

人过了爱哭天抢地的年少时光后，似乎就容易麻木。

Tina右手握高脚杯，手指轻轻敲打桌面，左手撑着面庞，望着落地窗外，上海的夜，灯红酒绿，热闹繁华。

Tina曾贪恋这夜，因这夜如同一面镜子，能让她看到自己内心深处的忧愁。

她起身，走至落地窗旁，俯瞰这座城市，夜已过半，上海街头还有些人在走动着，似乎他们越是夜黑越兴奋。

Tina笑，拎包，下电梯，出门，踏入街头，淹没在人群中。

欲望是一座大都市，成功与失败化为一栋栋楼，品种繁杂。

前面的男人西装革履，握着手机，语速极快，后面的女孩面容精致，挎着包包，笑容甜美，整个世界像是被包装过的糖果，耀眼、合口，挑不出一丝毛病。

Tina百无聊赖，站在街头，人来人往，如此从容不迫，也如此千篇一律。

她想起了什么。

幸福没有捷径，只有经营

初来上海时，是个单纯的应届毕业生，怀抱天真梦想，对每个人都敞开心扉，不设城府，原以为社会如一出公平的戏，每个人戏份平等，但Tina后来才明白，但凡是戏剧，总有主角与配角，失了光环的自是要落入尘里，卑微如灰粒。

她累了，心脏似乎落满灰尘，使人疲惫不堪。Tina掏出手机，为自己订了束花。

Tina早已习惯如今的生活，也仅仅是习惯。

每当她敞开心扉时，她的秘密在几日后便会成为办公室里的笑谈，每当她相信别人时，创业伙伴总会出其不意地退出，总之，她像是个傻瓜。

/ 2 /

下班了，Tina并没有走，加着班，解决前辈留下的烂摊子，同时，安慰着新来的同事，还不忘在微信上回复那些找她倾诉的朋友。

她因擅长为人解忧，所以，每个人理所应当地把她当作情绪的垃圾桶。

办公室终于又只剩她一人了，她双手捧着咖啡杯，又一次望窗外，凝视街上来来往往的行人，睫毛遮住眼睑，也遮住难掩的疲惫。

Tina放下咖啡杯，关上电脑与办公室的灯，独自坐地铁——回家。

只能和陌生人说的话，只能由陌生人解答的忧愁，真像一枝孤芳自赏的花，因那些拒人千里之外的刺，没有人为她浇水，只能靠自己的眼泪治愈忧愁。

她叹气，掏出手机，写下一段话——

"我反思了许久，踏入社会的这几个月，我始终在自我欺骗，我永远学不会如何恰到好处地说谎言。

我很累，也很疲惫，我擅长为每个人解忧，却无法解除自己的忧愁。我心口的那根刺，永远刺在自己的心里，仙人掌与我相依相靠，化作忧，可是谁为我解忧，而那根刺，又怎样才能消除？"

她按下发送键，出地铁。Tina终于到了家门前，拿出钥匙，开门，推门，进门，关门。

已是夜里十一点，她没有开灯，倚靠在墙壁上，包滑落到地上，发出闷闷的声响。Tina掏出手机，翻动着通讯录，越滑越快，想找个人诉说她的烦恼，几百个人的通讯录，却找不出一个可以说说心里话的人。

突然间，疲惫与忧愁像潮水般涌来，将她淹没，使她窒息。她无奈地笑着，捡起包，将手机放入其中，卸下精致的妆容，洗漱入睡。

　　　　　　幸福没有捷径，只有经营

清晨，她接到一通电话，快递员说有她的东西。她推开门，收到一个可爱的花瓶，花瓶上的小人像是活着，冲她甜甜地笑，花瓶里满是鲜花，同时，还附有一封信。

/ 3 /

"Tina

展信佳。

我明白这世上有太多的忧愁，它们像刺一般，刺在你心里最柔软的地方，刺到你血泪横飞，刺到你痛不欲生，泪水总会在漫无止境的夜里孤单地流淌。

我也明白，这些忧愁，是不可以和恋人说，不可以和朋友说，更不可以和亲人说，有些话，只能与陌生人说。在这个日渐冷漠的世界里，忧愁仿佛会成为羞耻，只能埋压在心里，任由它们生长为一根根刺。

踏入社会的你其实已不再是一张白纸，旧友的离开与不理解，新环境的难以适应与不易交流，都让你感到困惑，你越竭力擦去白纸染上的痕迹，却越是污迹满满。可是啊，为什么一定要是白纸呢，纸面上，也可以是灿烂的、多彩的，你可以拾起彩笔，将这些忧愁调色，精心绘上一幅画，让白纸成为绝世名作。

你是这般好的人，所以值得拥有这般美好的人生，我相信你，这段忧愁的岁月，你终归会走过去，至少，我还会陪着你。

刺会慢慢融化，融化为种子，开为灿烂的花。我会陪着你，听你的忧愁，为你解忧。

——解忧花店

Tina想起来了，是她前晚在"解忧花店"订的花，昨晚又告诉过这家花店她的忧愁。她手捧着满是鲜花的治愈系花瓶，仰头，灿烂笑着，Tina手捧花瓶，冲小人做了个鬼脸，满心欣喜，小跑着，将花瓶抱到阳台上，她眼带笑意，看着花瓶。

阳光透过窗帘，洒在她的侧脸上，忧愁曾在她心上像根刺，如今，看，开花了。

/ 4 /

我回到了"解忧花店"，和Tina一起经营这家为人写故事的花店。

我是写故事的人，活在故事里看故事，我愿做你的树洞，书写你的故事。

幸福没有捷径，只有经营

20

等 待 缘 分 等 感 觉，
是 谁 一 直 在 身 边

幸 福 没 有 捷 径， 只 有 经 营

大二时，我逃了八天课，一个人去了四个城市旅行，自以为旅行可以疗伤。

后来我发现，所有疗伤的手段都是在自欺欺人，伤口只能慢慢痊愈，它从不会因为一首歌、一本书、一部电影或者一件事就会彻底消失。

别骗自己了，痊愈的伤口也会留疤啊。

/ 1 /

前些日子，见了个老朋友，她一直在抱怨，最后捧着咖啡，很文艺地说："真是物是人非啊，以前最爱的人变得几乎认不得了，最要好的朋友现在就像陌生人。"

　　　　　　　　幸福没有捷径，只有经营

"哦……"我漫不经心，"关于这些，没感觉了。"

"嗯？"

"我早习惯了。"

我早就习惯了，习以为常了。

我是个口是心非的家伙。明明很难过却总是说"我没事啊"，明明很想静一下，却跟着大家一块儿疯，我总是想：看着热闹的场景，跟着一起热闹，只要这样做了，心里就应该不会空荡荡的了。

以前总活得非常没有安全感，随时都害怕在乎的人们会离开我，人总是怕什么来什么，一不小心，就真的所有人都离开了，再怎么卑微挽回都无效。

后来我常说："别把安全感寄存在别人那，安全感只能自己给自己。"

"那你走吧，以后就别再见了。"之后的我更擅长说这样的话。

谁能如此准确预知自己以后的模样，我又怎会想得到什么呢，以前那个在深夜捧着通讯录想打几个电话却不知打给谁的自己，如今最痛恨的事情却是接电话和打电话呢？

我只是没料到，心会空荡荡那么久，一眨眼，都两年多了，都还没能被新感情填起来。

/ 2 /

鸡汤里常说，"没有一次说走就走的旅行就不算完整的青春，没有挂科和恋爱的大学就不算完整的大学，人生很多只有一次的体验，错过了就会特别遗憾。"

但是啊，你拼了命，也不会完整的，也会有遗憾的。

我大学有个要好的朋友，是非常默契的合作伙伴，他和他的女友都是我同专业的同学。

他太爱他的女友，有时袒护女友时会不经意间得罪朋友，可他偏偏又是个会担心朋友的家伙。他每一次都发誓一定不会再和好了，可是每当女孩给他发去信息或打来电话时，不出意外，又和好了。

他常来问我怎么办，我也常劝他要学会理性，可是又担心他会变得和我一样。毕竟，心变得真空不允许任何人进入是一件很可怕的事，然而我又会让他顺其自然。

果真是顺其自然啊，分分合合数多次，彼此折磨，痛苦不堪，最终还是成了路人。其实，他所有的朋友都知道，这段感情不会从学生恋情成长为真正的婚姻，但，深陷其中的他们却也无能为力。

我最开始，总站在他的角度，去维护他。后来，我才

　　　　　　幸福没有捷径，只有经营

知道，女孩其实也很痛苦，她在其中的挣扎和付出不亚于男生，甚至在某种角度上来说，她受到的伤害更大。

遗憾的是，说再多，都一样，没办法改变结局。

男生没错，女生也没错，为什么事与愿违总天天不断上演，谁都无能为力，有些人一厢情愿，有些人却越走越远。

很久以后他在朋友圈写："人总是要经历离别，事事都不尽人意，身边的朋友、心爱的人也许还是会离我们远去呢，美好的事情也许总是短暂，快乐总不能永恒，总是得不到自己想要的一切呢。"

他写得很长很长，几百字，配图的中间一张是他的前女友，大学分分合合数次最终未能在一起的那个人。

写到这里时，我突然想起大三，我和他、他女友组了个小队，参加一个学术比赛，常三人捧着书、资料、电脑进进出出导师办公室。那时，我们从办公室出来，提起一个恋爱圣地，我打趣说，你们以后可以去那啊。女孩对他说："万一以后我们真的永远在一起了，的确可以去啊。"

男孩连忙点头，两位老师在后面都笑着。

突然，就两年多过去了，突然，就谁都不会再提以前的情话了。

/ 3 /

我突然想起毕业前的那几天了。

在最后一次聚餐时，我被连连灌酒，喝得头昏脑涨，在大家情绪都很高涨时，我接到一个电话，一个大学时期狠狠爱过又被她狠狠伤过的女孩的电话，我曾狠心删掉她的所有联系方式，整整一年不去和她见面，这一刻，我却接了她的电话，我是个很讨厌跟人道歉的人，那时我却不停地道歉。

那晚我不知怎么了，左小臂被刮去一小块肉，喝得烂醉的我毫无知觉，被朋友紧急包扎后，打了辆车回到学校，我沉沉睡去，第二天醒来时才发现伤口极度严重，止不住地流血，让朋友陪我去了医院，紧急处理，缝了十针。

在医院时，我一直笑着，还不停地给伤口拍照，说好刺激要纪念，手术时，我回想起四年间我从感性到理性，从盛情到绝情，从随和到独裁的经历，轻叹一口气。

缝完针后的几个小时，我便出了门，见了昨晚给我打电话的女孩，将存了很久她的照片全部送给她，说了一些不痛不痒的话。

临走前，我突然拉住她，抱住了她。

这从不像我的风格，我也不知道我为什么会这么做，明明后来有段时间那么厌恶她啊，明明心都空到对谁都那么冷漠了。

或许……以前真的很喜欢她吧。

感情真是个奇怪的东西，你越想控制的时候你越是难理性，深陷在自我折磨的泥潭中无法自拔，自虐却又沉迷，不愿走出来。

可真的有一天，你走出来了，心是真空的，谁离开都可以无所谓让她走，甚至会主动赶一些人走，当你想要再去试着去爱谁时，你却发现自己谁也不爱了，你害怕自己成了一具行尸走肉，总是想，可是，谁都走不进那颗空荡荡的心了。

21

忘不了那个人就投降

她蹲在路边，一言不发。

我走过去，站在她身旁，陪她看一辆辆车呼啸而去。每一辆车里都有一段故事，故事的主人翁们用零点几秒与我们邂逅，眨眼间狂奔而过，留下黑的、红的、灰的、白的剪影。

"我在这里待了十三分钟，过去了七百八十三辆车，平均每分钟有六十一辆车与我相遇，再与我告别。也就是说，我只是蹲在这里，每秒钟我就会与几个人的人生产生一秒钟的关联。人生很奇妙是不是？说不定那辆车里的人是我未来的恋人，说不定这辆车里的人会成为我的同事，可当我和他们真正相识时，我们都不记得我们相遇过。"

她像是在对我说话，更像是自言自语。

我也会想，那辆车会去哪里，里面的人会有怎样的故事，当我们在车里时，会不会也有一个人在路边注视着我们，猜想多年以后会不会相逢。

"走吧。"她站起来，拉住我的手，"快下雨了。"

她牵着我的手，不停地往前走。街道是湿漉漉的，空气是湿漉漉的，让人的心也变得湿漉漉的。我喜欢下雨天，高中时常在下雨时，没心思听课，望向窗外，把耳机线藏在衣袖里，手握着耳机，小心翼翼塞进耳朵里，整个手掌撑着面庞，恰巧遮住耳机，单曲循环孙燕姿的《雨天》，屏蔽了台上老师的碎碎念。

"我们认识一年了吧？"她问，恰巧经过一家音像店，里面在放《雨天》，我愣住了，这首歌很老了，还会有人放？怔了怔神，才发现是老朋友张旷的店。

"问你话呢！"她停下来，仍抓着我的手不放，我回过神，握紧她的手，拉住她，往音像店里走，说："是啊，认识一年了。一年前，也是在下雨的街旁认识的，那时你穿得清凉，眼睛通红，浑身湿漉漉的，吊带装紧贴着身子，不停有小混混对你吹口哨。小混混上来搭讪了，我站在你身后的公交亭躲雨呢，你急了，走到我身旁，牵着我的手就走，就像刚刚那样。"

"你都记得？"

幸福没有捷径，只有经营

"我什么都记得。"我说,"唯独奇怪的是,我们认识一年了,今天是我们的第二十七次见面,我们都没互相告诉对方的名字。"

"嗯……我还以为……"她低着头,水滴从她的黑色中长发上慢慢滑落,滴到店内的地板上,慢慢溅开,她声音越来越轻了,"我以为……两个月前的第二十六次见面会是最后一次见面了。"

/ 1 /

一年前,我们第一次见面。

她牵着我的手,不停地往前走,大雨倾盆,我俩全身都湿透了。我本该甩开她的手,她又瘦又不漂亮脾气又差,我也不认识她,就算是顺手帮个忙,现在也已经尽到人情了,那帮小混混没跟过来,我们也已经走很远了,我何苦陪着她在淋雨受罪?

世界仿佛要被大雨吞没了,眼前雾蒙蒙的,只有她的背影清晰,周边的一切都被大雨沐浴着,耳边回荡着哗啦啦的雨声,让人心慌意乱。

我想,我是看到了她走进我时的眼神吧,才不忍心丢下她,不仅仅是看出她哭了,是她的眼前,遮盖着一层雨雾,我能看见她的挣扎、绝望与倔强，那一刻，我竟有一些心疼，我们明明萍水相逢。

她停下了，我也停下来，她仍牵着我的手，背对着我。

沉默。

整条街只剩下我俩，她低头，我也低头，我看雨珠在沥青地面上散开，忽然觉得雨珠很像生活中的我们，被令人绝望的重力往下拉，往下拉，不断加速，最终壮烈地砸至地面，支离破碎。我轻轻松开手，看着她的手跌落回她腿旁，摇摆，停住，我转身，离去。

"你不想要我的联系方式？"

我愣在那，听到背后传来的声音，有些诡异，出乎我意料的悦耳，我转过身，看见她侧身而站，淋湿的短发紧贴着她的额头，她面庞略微抽动，慢慢笑了，笑得真难看，用雨水遮住泪水太容易被看穿了吧？

我走进她，她轻轻对我说了她的手机号码，我默默记在脑海里。

"不加微信？"

"我不用那东西了，电话就好。"她说。

"真可惜，我痛恨打电话。"

"那就短信。"她抬起头，看我，我注意到她的眼睛，雾气又浓了一分，我叹了一口气，"如果我忘了你的号码，或者你丢失了手机，没有别的联系方式，可能就从此失联了。"

"你有那么多人的微信，有那么多人的联系方式，但……有太多太多人，我们即便仍保存着联系方式，不也是从此失联了吗？"

她的声音，透露着深入骨髓的孤独，我打了个哆嗦，点点头，说："我会给你发短信的。"

她笑了笑，转身，走掉了。

我有些头晕，估计是感冒了，我打量四周，发现离我朋友张旷开的音像店不远，于是就小跑到他的店里，楼上便是他的住处，赶紧给手机充电，洗了个热水澡，换上他的衣服。

洗完澡，我打开手机，脑海里挥之不去的仍是她那双充满雾气的眼睛，我打开短信页面，给她发去短信——

"我是刚刚陪你淋雨的那个人。"

我下楼，站在楼梯上，愣神，迎上店中一个同样惊愕的眼神——

是她。

她握着手机，抬起头，诧异地望着我，我的手机短信声响起，我点开，她在短信里问——

"忘不了那个人怎么办？"

半年前，第十七次见面。

我们又约在张旷的店里，前十六次见面，我们都约在这里。半年过去了，她已经活泼了不少，每每见到张旷，都兴高采烈地喊："胖子！胖子！让我摸摸你的肚子！"

张旷翻白眼，他是烦透了我们两个每次在店里待好久但就是不买碟的客人。每逢我和她同时跨入张旷的店里时，张旷都哭丧着他的大脸，说："现在生意不好做啊，除了死忠粉和文艺青年谁还会来买碟啊！不对，文艺青年都爱去酒吧和咖啡店，死忠粉也不会买碟，只有脑残粉才会买碟，还是网购！"

我每次都捂住耳朵不听，她笑眯眯的，很认真地听张旷抱怨完，然后摸张旷的肚子，说："乖，胖子乖，以后姐姐赚钱了就来买你的碟。"

此时店里恰巧飘来一句歌声——

"别等到一千年以后，世界早已没有我。"

三人相视大笑。

我是能注意到的，即便她现在可以肆意地大笑，可眼睛上的那层雾，依旧没有消散，反而更加浓厚，我越来越难穿透那层雾去看她的内心了。

我和她总跑到楼上张旷的小房间里聊天，我坐在椅子上，她脱掉了鞋子，趴在床上，保持一定频率摆动着脚丫，翻看着漫画书，我问，"还是忘不了吗？"

她翻书的手顿住了，手指捏着书页。

"忘不了。"

"你打算怎么办？"

"不知道。"

对话戛然而止。

我们沉默了近二十分钟，我起身，开门，准备去楼下。

"等等。"

我停住，把门又关上了。

"你知道那天我为什么要选择拉上你吗？"

"因为不想被小混混们欺负？"

"不，不是。"

我听见背后传来漫画书被合上的声响，被子摩擦的声音，她光脚落地，咚咚的脚步声一步步靠近，我感觉到她在我的背后，我的胳膊传来凉凉的触感，她抓住了我的胳膊，轻轻往后拉。

"转过来。"

我转身了，低头，她注视着我，说："我看见了那天你的眼神。"

"什么？"

"深不见底，像深渊一样。"她踮起脚尖，死死盯着我的双眼，"那时我就在想，一个人究竟是有多害怕把心扉打开，眼神才能如此孤独？一个人又究竟有多期待别人能理解他才能有如此渴望的眼神？我的直觉没错，到现在，你还在拒绝我进入你内心的世界，你也排斥走出你内心的世界。"

被人当面揭穿的滋味不是很好受，我退了几步。

"你也有忘不了的人吧？"

"嗯。"我仰头，看天花板，她的眼睛虽然被雾气所遮住，让人看不到她的心，但她却能轻而易举读懂别人的心，"有几个，一直耿耿于怀。"

"什么时候走？"

"什么？"

"不用瞒我的。"她靠近，将手伸进我的口袋，拿出我的手机，打开短信页面，递给我，"你早就订好了票，记得养成设置手机密码的习惯。"

我涨红了脸，推开她，语气加重，说，"你为什么翻我手机？"

"我怕。"

我怔住。

"你很快就要走了，我不知道你什么时候回来。我怕……你丢掉了手机，忘掉了我的号码。"她跌坐在床上，半年了，短发变成了中长发，她说，"你别误会，我不是在表白。我只是说……我在这座城市里只有你和张旷可以说话了，你走了，我也不会再来这里找张旷，我怕我连一个发短信的人都没有了。我翻你手机，记住了你的微信号，还没有加，如果有一天，我发短信你不回了，我就重新用回微信。"

头发遮住了她的眼睛，我看不到她的表情。我往前走了几步，蹲下来，手轻轻撩开她的头发，她抬起头，眼睛又红了，和半年前一样，我说："我以为我从来不打电话已经够神经病了，没想到，世界上还有个从来不用微信的神经病。"

她"扑哧"一声笑了，我忽然发现，她眼睛里的那层雾消去了，我能看见她的心了。

/ 3 /

两个月前，第二十六次见面。

"为什么在这里？"我入座，问，"第一次不在张旷店里，居然选了家清吧？不像你的风格啊。"

她用三只手指轻握住酒杯，摇晃着，忽隐忽现的灯光打到她的脸上，我才发现，她化了妆。认识十个月以来，她第一次化妆。

她甚至穿了露肩连衣裙。

我第一次这么认真地看她，她已长发披肩，认真打扮后的她不再像假小子，不经意间透露出浓浓的女人味来，举止投足间都散发着吸引人的魅力。

"今天的你，挺好看。"我盯着她看太久了，眼睛转向别处，手抓了抓脑袋，不知接下来手放哪。

"你……为什么退了机票？我记得没错的话，你应该三个月前就走了。"

"没什么，我想通了，不用去了。"

"你能忘掉那些人？"

"不，忘不掉。"

"那怎么办？"

"投降，忘不了那个人就投降。"我轻抿一口酒，"没什么大不了的。人如果总逼着自己去忘记什么，就怎么也忘不了。和做不喜欢的事一样，强迫自己去做总归是做不好，我发现我忘不了，那就永远记着，慢慢地，我的心变得辽阔起来，那些痛苦不堪的回忆好像也不算什么了。我选择对忘记投降，却赢回了生活。所以，我没必要再去寻找了，我退了机票。"

"真好……"她低下头，声音竟有些哽咽，"对不起。"

"嗯？"我握酒的手颤了颤，几滴酒洒在了她的左手上，我手忙脚乱，从口袋里掏出纸巾，抽一张，替她擦拭，她突然抓住了我，抬起头，目不转睛地盯着我。

眼睛里的雾彻底消散了，多了一些我能看得懂的复杂与挣扎。

"你留下来，是陪我吗？怕我没人说话吗？"

她的眼神太炙热，我确定不是爱一个人的眼神，我沉默数秒，说，"是。"

"可是……"她的手抓得更紧了，"我知道的，你依旧没有走出你心里的世界，你也依旧拒绝任何人进来。"

"嗯。"

"你只是凭着你的直觉，你的善良，才留下陪我，"她抓着我的手不放，一如十个月前，她离开座位，握着我的手，坐到我的身旁，"你对我并不了解，甚至连我的名字都不知道，只有一个我的手机号码，你为什么要这么好呢？"

"你知道吗？"我抽开了手，说，"有一点，我们是相似的。你说你第一次见我时，看见了我眼神里的孤独，你说像一个黑色深渊。我第一次见你时，也看见了你眼神里的孤独，我从没对你说过，你眼睛里有一层浓雾，我看不透，无法看见你内心在想什么，可你却能越过深渊直触我的心底，知道我的所思所想，那时我想，至少要等你眼前的雾散去了，我才能走啊。很久很久以后，到了现在，我确定你眼前的雾已经彻底散去，我能看得懂你在想什么了。"

"可是……即便我能看得懂你，但……"她抬起头，忽然，伸出双手，抱住我，说，"但你从来没打算让我走进你的内心，你自始至终……都不信任我。"

"我……"

她吻了上来。

清吧里周围的人都在起哄，我没有回应她，我看见她背后几米处的位置上，坐着一个男人，满脸怒气瞪着我，手紧握着酒瓶，他站起来了，朝我们走过来了。

我看见酒瓶冲我们飞过来，我抱住她，转身，用背挡住了酒瓶，全场起哄变成了尖叫，我等待那个男人的拳打脚踢。背后传来嘈杂的声音，男人骂着"臭婊子""狗男女"，保安呵斥的声音传来，我听见他被抬了出去。

她抱着我，轻吻我，泪水绝了堤，在脸庞不断滑落，几个男生走过来，拍拍我的肩膀，说："纯爷们！"

我放下她，推开她，冷笑，说："这就是我自始至终都不信任你的原因。"

围观的人都散开了，她哭得浑身颤抖，说："我只是忘

幸福没有捷径，只有经营

不掉他，他总纠缠我，我想……彻底忘掉他。"

"嗯，我想这次你是可以彻底忘掉他了。"我再一次掏出纸巾，坐在她的面前，替她擦去止不住的泪水，"你在结束一段爱情的同时也结束了一段友情，真遗憾，我原本以为我们会是朋友的，还好……短信还没发出去。"

我掏出手机，输入密码，递给她，说："只可以看我与你的短信页面。"

她不断啜泣，接过手机，草稿里写——

"和我一块走吧，我想去见那些我忘不掉的人，但我怕我一个人去会失去理智，你陪我吧。"

她看完，号啕大哭起来。我轻手轻脚替她擦着眼泪，说："我还是一个人去吧，我想我已经足够理智了。"

我轻轻抱了下她，站起来，朝门外走去，没有回头。

/ 4 /

现在，第二十七次见面。

张旷摇头晃脑走过来，一副"朽木不可雕也"的表情，手上拿着两块白毛巾，走向我们，说："本来下雨生意就难做了，现在唱歌的越来越少，明星都去拍电影，脑残粉们也都去看电影了，好不容易店里来了人，居然又是你们！"

她"扑哧"一声笑出来，突然扑向了张旷，抱住他，说："胖子！胖子！让我摸摸你的肚子！"

　　笑着笑着就哭了。

　　"喂喂喂！你你你你干吗呢！我女朋友看到会会会杀掉我的！"张旷吓得脸色惨白，"不就两个月没见吗，又不是生生生离死别！你你你你放开我啊！"

　　她松开了张旷，我接过毛巾，冷冷道，"少来，死胖子，你哪来的女朋友，不是还没追到手吗？你还要追多久？"

　　张旷这次学聪明了，早早关掉了孙燕姿的《雨天》，角落里传来她的声音——

　　"别等到一千年以后……"

　　三人相视大笑。

　　"你为什么会原谅我？"她问我，"两个月了，我们都没有联系，今天我给你发信息，没想到你会来。"

　　"谈不上什么不原谅。"我握着毛巾，替她擦拭她湿漉漉的头发，"本来我今天就打算联系你的，我明天就走了。"

　　她像触了电般，脑袋往后一缩，险些撞到架子，她低下头，喃喃道，"去多久。"

　　"不知道，随缘吧。"我笑着，"回来时如果你还在这

　　　　　　　幸 福 没 有 捷 径 ，只 有 经 营

座城市，我们再互相告诉对方的名字，这样也好给我留下一个回来的念想。"

"我们之间……没有爱情吧？"

"没有。"我点头，"我心里已没有人，你心里忘不掉那个人，我们之间，没有爱情。"

"那就好。"

"嗯，很好。"我转过身，翻出一张我曾买过又丢失的专辑，里面有首歌里唱"忘不了那个人就投降"，我拿起碟，放在柜台上。

"要走了才来买碟？"张旷拿起碟，看了看曲目，说，"算了，这张碟我送你了。"

"正好我也没带现金，手机又没电了。"我看张旷，"先赊着，等我回来再还。"

"留个念想？"

"留个念想。"我重复，再回过头，发现她不在店里了。我皱眉，向门外看去，她站在大雨里，冲我挥手，像是告别。我远远看着她，她在倾盆大雨里笑着，我也笑了，笑她笑得真难看，用雨水遮住泪水太容易被看穿了吧？

我不知道那个人在她心里还占据多少空间，总之，我确认现在的她好多了。几年前的幻想，几年后的原谅，为一张脸去养一身伤。伤痕累累之后的她，我想她早已学会如何与思念和不甘相处了吧？

忘不了那个人就投降。我们的理性和感性始终在吵架，甚至大打出手，我们的心脏承载着它们的战争，两边都伤亡惨重，心脏作为战场也沦为废墟，其实不用这样的。悲伤时，就让悲伤占据身体吧，难过了就大哭一场吧，总有肩膀给你靠，没有肩膀给你靠，你可以大喝一场，你可以大睡一觉，你可以大吵一架，我们的人生时常不如意，如果连情感也要时刻被压制，我们该有多么悲哀？

会好的，会更好的。就像她，依旧可以在大雨里大笑，投降吧，丢盔弃甲吧，没关系的，你终有一天会卷土重来，东山再起，淡忘兵荒马乱的失败恋情，一扫全军覆没的失恋颓势，你会在雨后的阳光里，笑着说：都会过去的，空的心会被更好的感情填满，碎的心会被更暖的人所愈合。

她的身影渐渐远去，我打开手机，离航班起飞只剩五小时了，我该动身了。我看微信，发现"新的好友"页面出现个"1"，有人添加我为好友，我点开，添加备注里写着——

"我用微信了，等你给我打电话。"

我笑了笑，通过好友验证，给她发去微信——

"下次见。"

幸福没有捷径，只有经营

—尾声—

你在哪个瞬间，心里丢失
了那个曾以为最重要的人

前几天，我收到一条读者的私信，她问——

"能告诉我怎样才能彻底放下一个人吗？我试过很多次不去想他，不找他聊天，但还是忍不住，甚至会自找话题，常常我发了很多，只得到一个表情回复，我就是犯贱啊，每次我都说下一秒我再也不要喜欢他了，可人哪有这么容易放下。"

我沉默许久，不知如何回复她。

/ 1 /

坂元裕二说："我想人之所以会寂寞，一定是为了和某个人相遇吧。人生虽时而残酷，但恋爱时能够忘记这一切。"

他说得没错，人在恋爱时会忘记寂寞。但我常在想，人

　　　幸 福 没 有 捷 径 ， 只 有 经 营

会不会因不甘寂寞而恋爱，也是否会因为热恋时的情浓让人分开后，怎么也割舍不掉那份情感想忘而不敢忘呢？

读大学时，我们常耐不住寂寞而恋爱，稚嫩的我们爱到轰轰烈烈，爱到自虐虐人，爱到低入尘埃里，失去后，永远卑微地问：我到底怎么才能忘记。

那时年龄小，才无法面对失去。

我想起几年前认识的一个朋友，她敢爱不敢恨，分手对她而言足以用"世界崩塌"而形容。那段日子，她精神恍惚，拼了命地工作，会想起他，往死里喝酒，会想起他，夜里辗转反侧，他的声音、他的面容都在脑中浮现，就连好不容易入睡，梦中也是他牵住她的手他轻吻她额头的画面。

她总是问：我到底怎么做，才能放下啊？

有给她说故事的，有给她讲鸡汤的，有给她推荐励志电影的，有让她去旅行的……

通通无效。

最终再无好心人出谋划策，任由她在一份死掉的爱情里自生自灭，她仿佛在我们的圈子里消失了。

毕业前，惊闻她发表数篇学术论文，还开办了个人摄影工作室，点开她的微博，每张照片都美得动人心魄。她在微博中说——

"一份爱情的死亡，或许会是人生的重生。"

再见到她时，我问：你是怎么做到的？或者说，你是什么时候起，开始选择了放下？

在夕阳西下的海边，微风卷起浪花到她脚边，打在她脸上，她仰起头，侧脸化作剪影，她轻描淡写笑道——

"不爱了啊，我想不起是什么时候我丢失了他。"

知如何回复她。

/ 2 /

《奇葩说》第一季里，有个辩手说："我就是没有太多逻辑，人是情感动物，在情感面前，逻辑往往不起作用。"

我们总过分相信理性的力量，企图用理性控制一切，包括情感。我一度期待成为彻底理性的人，任何事情都不会干扰到我的判断力，因为这样不会被伤害，也不易被欺骗，所有事情都按照逻辑进行，人便不再会有喜怒哀乐。

包括相爱，包括婚姻，都是精准匹配后，都在理性思考后，只有这样，才不会失去，才不会痛苦。

我不认为理性、克制、自律活着会很累，相反，我认为这样活着生活才会轻松，但……

若如此理性到冰冷而活着，人生的意义与乐趣，究竟在哪呢？

幸福没有捷径，只有经营

我写过这么一段话——

"每一个用嬉皮笑脸面对人生的难的人，都曾有过在夜里号啕大哭的经历。体验过心衰至死的煎熬后，虽不愿心存芥蒂，但的确覆水难收，而内心跌宕起伏后的感受，一言以蔽之：感情就像是消耗品，时间长了，便成了奢侈品。"

你越是想放下，越是放不下。

我也曾尝试过，用近乎苛刻的"理智训练"来压制情感，把时间精细规划到半小时来计算，不停做事，一遍又一遍地做，不停运动，一圈又一圈地跑，反复告诉自己：不可有情绪波动。

并没有用，若你还爱，若你拼了命想放下，你见到那个人时，所有克制都瞬间瓦解，分崩离析，灰飞烟灭，思念与不舍、不甘如潮水般汹涌而至。

可是啊，在时光飞逝中，我想我是想不起是在哪个瞬间，我在心中丢失了那个曾以为最重要的人了。

你可以念旧，但别期望一切如旧。

知如何回复她。

/ 3 /

也许是不爱了，见面时也不会心动了，所以心生倦怠，慢慢丢失了。

也许是麻木了，丧失了爱一个人的能力，所以满心厌恶，狠心丢失了。

也许是看淡了，心中空缺的地方被另一个人渐渐填满，所以浅浅微笑，我很幸福，也祝你幸福，很遗憾，我的人生终究要把你丢失。

我们总是在成长，也远比自己想象得强大，所有煎熬都熬过去后，一切剧痛都痛完了后，惊觉时光已消逝多年，你的心房也变得空荡荡，再也没有那个人的位置。

你或许不解，其实你并没有去做什么，为何会丢失了那个人的位置？

所有的折磨与痛楚，终将会让你在不知不觉中，在潜移默化中，割舍掉曾以为绝不会割舍的人或事，你不必去做什么，你会慢慢自我疗伤，迈过那看似不可跨越的坎。

经历过惊涛骇浪，见识过沧海桑田，再看风起云涌也似云淡风轻，我们不再追问如何彻底放下一个人，情感动物试图用理性去压制爱情本身便是一场万劫不复的折磨，你终究会一笑而过，在夕阳西下的海边，微风卷起浪花到你脚边，你轻描淡写道——

"不爱了啊，我想不起是什么时候我丢失了他。"

幸福没有捷径，只有经营